WITCH IS WHEN IT GETS CRAZY - EDIZIONE ITALIANA

LEMON TEA COZY MYSTERIES

LUCY MAY

DEDICA

Agli atti di fede.

CAPITOLO UNO

Trapelava dalla porta della cucina il brusio di voci della clientela. Gli affari andavano a gonfie vele, e non potevo esserne più felice. Lemon Bliss non era esattamente una metropoli, eppure avevo voluto correre il rischio perché mi serviva un modo concreto per rimanere qui, e la mia migliore amica Daphne era stata una grande sostenitrice dell'idea. Senza contare che era la mia socia in affari. Lemon Bliss era abbastanza grande da avere un numero di persone sufficiente a darci da fare. Aiutava anche il fatto che fossimo l'unica pasticceria in città.

«Violet?» mi chiamò Patty, la mia nuova dipendente, dalla sala.

Oggi Daphne era di riposo, un giorno libero che avevamo concordato di meritarci entrambe. Erano quasi sei mesi che la pasticceria era aperta *e* in attivo. Era arrivato il momento di assumere personale e goderci i frutti del nostro lavoro. Visto che Daphne era di riposo, toccava a me. A dire il vero, ero sempre di turno, anche quando dicevo di prendermi la giornata libera.

«Arrivo!» risposi, sfilando rapidamente i biscotti dal forno prima di precipitarmi in sala. Patty era nuova e tendeva ad andare nel panico se vedeva più di qualche persona in fila.

Uscendo in sala, vidi che l'area ristoro era piena e c'erano diverse persone in fila alla cassa. Ero sorpresa che Patty avesse aspettato tanto a chiamarmi per farsi aiutare. Mentre scrutavo i clienti, i miei occhi si posarono su mia madre. Non sembrava felice, con le labbra serrate in una linea sottile e le braccia conserte mentre batteva il piede per terra.

Gemetti tra me e me, sperando che non ci fosse l'ennesimo disastro che richiedeva la mia attenzione immediata. Da quando ero tornata a Lemon Bliss, mi sembrava che ci fosse stata una crisi dopo l'altra. Negli ultimi due mesi c'era stata pace, e avevo sperato di essere sulla buona strada per una vita più tranquilla.

Uno sguardo a mia madre e i miei sensi iniziarono a pizzicare, annunciandomi che l'idea della pace stava per scoppiarmi in faccia. Ne ero certa. Quando mi vide arrivare in sala attraverso la porta a vento, iniziò ad avvicinarsi al bancone.

«Un secondo, mamma» la chiamai, rivolgendo la mia attenzione alla fila.

Dopo esserci occupate di tutti i presenti, feci cenno a mia madre di seguirmi in cucina. Non avevo bisogno che tutta la pasticceria sentisse del nostro ultimo problema.

«Patty, fai un fischio se hai bisogno di me» le dissi, assicurandomi che la porta della cucina si chiudesse alle nostre spalle. Mia madre cominciò a camminare avanti e indietro davanti al mio tavolo da lavoro, torcendosi le mani. I suoi braccialetti tintinnarono leggermente al movimento.

«Oh, Violet. Abbiamo un problema» disse, passandomi accanto.

«E adesso che c'è, mamma? Manca qualcosa? È morto qualcuno? Cosa? Cosa può esserci di così terribile?» le chiesi, reprimendo la frustrazione. Volevo *davvero* una vita normale. Anche se, da quando avevo scoperto di essere una strega, la normalità sembrava difficile da ottenere.

Smettendo di camminare, mi puntò addosso i suoi occhi. «Qualcuno è morto, Violet, e non è affatto divertente.»

Il panico e la preoccupazione mi colpirono. «Chi?!» esclamai, con il cuore che batteva all'impazzata.

«Non lo conoscevamo molto bene, ma sapevo chi era. Il fatto che fosse così giovane è la cosa terribile. Quello e la realtà che la sua morte significa altri guai per tutti noi.»

«Chi?» chiesi, con la frustrazione che mi rendeva la voce stridula. «Chi è morto?»

«Harry.»

«Chi?» domandai, sbattendo le palpebre e cercando rapidamente di associare un volto al nome.

«Harry. Lavorava con quell'uomo terribile, George» disse mia madre, storcendo la bocca.

Mia madre *non* sopportava George, ma neanche io, del resto. George era l'investigatore del soprannaturale che ci dava la caccia da mesi. Non voleva proprio rinunciare all'idea di poter svelare i segreti magici di Lemon Bliss. Dato che eravamo streghe che desideravano ardentemente mantenere segreta la nostra esistenza, continuavamo a scontrarci con la sua curiosità aggressiva.

«Come è morto Harry?» feci la domanda successiva più ovvia. Non avevo ancora capito perché mia madre fosse preoccupata, al di là della normale apprensione per la morte di qualcuno.

«Violet, non capisci. Harry era uno degli investigatori del soprannaturale. In città girano voci che sia morto dopo aver visitato la fabbrica ieri notte.»

Mi morsi la lingua per non imprecare. «Cosa?! Perché era nella fabbrica? Perché continuano ad andarci? Perché non riescono a starne fuori? È proprietà privata ed è mia. Nessuno ha il permesso di entrare. È morto lì?»

Una morte sospetta nella fabbrica di tè al limone abbandonata che mia nonna mi aveva lasciato in eredità era ciò che mi aveva riportata a Lemon Bliss. Santo cielo! Se qualcun altro fosse morto lì, sarebbe stato ancora più difficile tenere i sospetti lontani dalle streghe.

«Non ho idea se Harry fosse davvero lì, ma è quello che dice la gente. A quanto ho capito, l'hanno trovato morto a casa sua stamattina, quindi non dev'essere morto in fabbrica. Ho pensato che dovessi saperlo subito. È semplicemente terribile.»

Appoggiando i fianchi al tavolo al centro della cucina, sospirai. «Wow. Non riesco a crederci. Un altro investigatore del soprannaturale che salta fuori morto è decisamente strano.»

Mia madre si appoggiò al tavolo accanto a me. «Lo so. Anche se la prima morte è stata un incidente, ha solo attirato l'attenzione sulla vecchia fabbrica. E George! Santo cielo, quell'uomo non molla la presa. A quanto pare, ha fatto venire un paio di amici che sono anche loro investigatori del soprannaturale. E, naturalmente, la fabbrica è al centro della sua indagine. Immagino sia per questo che Harry era lì ieri notte. Devono essersi introdotti di nuovo di nascosto.»

«Mamma, quando hai saputo che George stava di nuovo indagando sulla fabbrica?» le chiesi, lanciandole un'occhiata.

Fece un respiro profondo. «George ha coinvolto il figlio di Dale per continuare il lavoro di suo padre.»

«Dale?»

«L'uomo che è morto nella fabbrica quasi sei mesi fa» disse, come se fossi un'idiota.

«Oh, giusto. Scusa, non ci stavo pensando.»

«Comunque, Dale Junior si è portato dietro il suo compagno di college Harry, e Stan. A quanto pare, Stan in passato ha lavorato con Dale Senior. Quegli uomini stavano lavorando a quella stupida indagine. Io e le altre abbiamo tenuto d'occhio la situazione per quanto possibile senza dare nell'occhio», spiegò. «Non volevo parlartene perché non volevo farti preoccupare. Abbiamo pensato che alla fine si sarebbero stancati e avrebbero lasciato perdere. E ora salta fuori un altro morto. Che casino.»

Sospirai e ruotai la testa da un lato all'altro, cercando di allentare la tensione che si stava accumulando nel collo.

«Comunque, la polizia mi ha chiamata stamattina», aggiunse.

«Perché hanno chiamato te?»

«Perché non riuscivano a rintracciarti.»

«Ok, perché stavano cercando di chiamare me?»

Emise un lungo e pesante sospiro. «Perché George ha detto loro di essere stato alla fabbrica e che pensa che lì sia successo qualcosa a Harry. Ovviamente, alla polizia non importa che quegli uomini abbiano violato la proprietà privata e siano entrati abusivamente a loro piacimento. Però sono ben felici di presumere che sia successo qualcosa di losco, anche se Harry non è morto davvero nella fabbrica», disse, con tono seccato.

«Non posso essere responsabile per ogni singola cosa che succede da queste parti, e nemmeno tu. Questa storia sta diventando davvero vecchia!»

«Mi dispiace, cara. So che non è questo che ti aspettavi tornando a casa.»

«Ho la sensazione che questa sarà la nuova normalità. Se solo riuscissi a impedire a quegli investigatori del paranormale di intrufolarsi nella fabbrica. Non mi importa delle loro stupide indagini, ma, per l'amor del cielo, non dovrebbero entrare illegalmente! Ogni due o tre mesi, qualcuno farà qualcosa che minaccia la nostra congrega. Mamma, sei sicura che tutta questa storia delle streghe valga davvero la pena di affrontare tutti questi problemi?» chiesi a bassa voce.

«Sì. Non possiamo cambiare chi siamo, nemmeno se volessimo. Dobbiamo proteggere il nostro segreto, che è ciò che tutte noi facciamo da decenni, e che continueremo a fare. Ora, in questo momento, devi andare a parlare con lo sceriffo. Non so se sarà Harold a fare le domande, o qualcun altro.»

«Sto lavorando, mamma. Non posso andarmene e lasciare Patty da sola.»

«Potrei restare io», si offrì.

Trattenni una risata. Non ero sicura che fosse sua intenzione, ma l'idea era ridicola. «Chiamo Daphne», dissi con rassegnazione.

«Mi dispiace scaricarti addosso questa grana, Violet. Ti prometto che gli eventi recenti non sono la norma. È colpa di questo personaggio, George. Una volta che capiremo come liberarci di lui, i nostri problemi saranno finiti», disse.

Come se fosse così semplice. Ne dubitavo seriamente.

Allontanandomi dal bancone, andai nel retro a prendere la borsa e il telefono. Quando mi voltai a guardarla, il mio sesto senso iniziò di nuovo a pizzicare. «Mamma, cosa stai architettando?» chiesi.

Lei scrollò le spalle. «Oh, santo cielo! Pensi sempre al peggio. Sto solo pensando.»

Detto questo, uscì dalla cucina. Rimasta lì, feci un respiro profondo. Le cose si stavano facendo strane. Be', erano già più che strane. Poteva davvero essere una coincidenza che questi due uomini fossero morti dopo aver visitato la fabbrica? La fabbrica costruita sul luogo dove per secoli si erano tenute le riunioni della congrega. Avevo avuto i miei sospetti prima, ma avevo cercato con tutte le mie forze di ignorarli.

«Niente affatto, Violet. Non è una coincidenza», mormorai nella cucina vuota.

Dovevo iniziare ad affrontare la realtà. Qualcosa non andava a Lemon Bliss, e cominciavo a chiedermi se mai le cose si sarebbero sistemate. Di certo non ne avevo l'impressione.

Tirando fuori il cellulare dalla borsa, chiamai Daphne. Addio al suo giorno libero. Odiavo disturbarla, ma dovevo parlare subito con Harold. Daphne capì la mia situazione e promise di arrivare subito.

Nel giro di pochi minuti, entrò in cucina come una folata di vento dalla porta sul retro. «Ehi, raccontami tutto. Devo fare le valigie? Siamo in fuga?» chiese a mo' di saluto.

Alzai gli occhi al cielo. «No, a meno che tu non abbia qualcosa da dirmi», dissi, sollevando un sopracciglio.

Lei sbuffò. «Non sono nemmeno sicura di cosa avrei fatto. Allora, cos'è successo? Un altro morto nella fabbrica? Non posso nemmeno crederci.»

Scossi la testa. «In realtà, non nella fabbrica, ma i suoi compari hanno detto alla polizia che era stato nella fabbrica e che poi è stramazzato a terra poco dopo.»

Lei emise un lungo sospiro. «E la polizia vuole parlare con te per scoprire se in qualche modo hai ucciso magicamente questo tizio solo perché si è introdotto abusivamente nella fabbrica?»

Annuii. «Sì, più o meno è così.»

«Ti sei mai pentita di essere tornata?» disse, a bassa voce.

Mi presi qualche secondo per pensarci. «No. Mi pento che due persone siano morte, ma ho la sensazione che quelle morti sarebbero avvenute che io fossi qui o no.»

«Tecnicamente, non c'eri per la prima.»

«Vero, ma mi dispiace che quell'uomo sia morto, specialmente sulla mia proprietà. Un altro rimpianto che ho è non aver messo in sicurezza meglio quella fabbrica. Però, si potrebbe pensare che imparino la lezione. Voglio dire, se pensano davvero che la fabbrica sia infestata, e che succedano cose brutte quando ci vanno, perché continuano a tornarci?» chiesi.

Daphne rise. «Verissimo. Da un lato, continuano a insistere che la fabbrica darà loro lo scoop soprannaturale del secolo e, dall'altro, continuano a mettersi in pericolo in un luogo che sostengono essere pericoloso.» Fece una pausa, il suo sguardo si fece serio. «Onestamente, però, se non è morto lì, sono sicura che la cosa si risolverà. Non ha avuto niente a che fare con te, quindi lo scopriranno.»

«Speriamo. Comunque, è meglio che vada laggiù. Mi dispiace tanto di averti fatto venire nel tuo giorno libero. Lavorerò per te nel mio.»

«Non preoccuparti, Violet. In ogni caso non stavo facendo niente. Spero però che tu abbia già sfornato un bel po' di roba. Sai che non sono un granché qui dietro», disse con un sorriso rammaricato.

Cucinare non era il contributo di Daphne all'attività. «È tutto pronto. Dovresti avere abbastanza scorte per arrivare a fine giornata. In caso contrario, di' semplicemente che abbiamo esaurito tutto», dissi con un debole sorriso.

«Oppure potrebbero semplicemente andarsene», scherzò lei.

«Di questo ci preoccuperemo dopo. Per ora, assicuriamoci di non finire in prigione.»

I suoi occhi si strinsero mentre tornava seria, avvicinandosi a me. «Pensi che sia stata una di loro?»

Sapevo esattamente di chi stava parlando perché avevo avuto lo stesso identico pensiero. Mi odiavo per questo, ma sembrava che ci fosse sempre un denominatore comune: mia madre e le sue amiche, una delle quali era la madre di Daphne. I membri della nostra congrega erano in qualche modo al centro di un altro crimine.

«Non lo so, Daphne. Non voglio credere che possano aver avuto qualcosa a che fare con questo, ma sappiamo quanto siano protettive nei confronti di quella fabbrica.»

«Ok, quindi risolviamo quest'ultima crisi, e poi? Saremo costantemente costrette a spegnere questi piccoli incendi quando meno ce lo aspettiamo? Perché dobbiamo usare comunque quella stupida fabbrica? Hai un'assicurazione, giusto?»

Non mi piaceva dove voleva andare a parare con quella domanda. «Certo che voglio.»

«Allora radiamola al suolo» disse lei, con fare pratico.

Mi misi a ridere, ma smisi subito quando mi resi conto che non stava scherzando. «No! Daphne, non pensarci neanche. Se quella fabbrica va a fuoco, vengo a cercare te» la avvertii.

Lei scrollò le spalle. «Era solo per dire, sembra che sia la radice di tutti i nostri problemi.»

«Non puoi dare la colpa a un edificio per quello che fa la gente.»

«Va bene. Vai pure a fare quello che devi. Io bado alla baracca. Stai attenta, Violet. Ho la sensazione che sarai di nuovo tra i sospettati.»

«Lo so, e lo farò. Ti chiamo se scopro qualcosa. Grazie, Daphne.»

Con un cenno della mano, afferrai la borsa e uscii in fretta e furia.

CAPITOLO DUE

«C'è Harold?» chiesi all'anziana signora che presidiava la reception del dipartimento dello sceriffo.

«Harold!» urlò lei.

Harold sbucò fuori pochi secondi dopo e mi fece cenno di entrare nel suo ufficio. Lo seguii, solo un po' nervosa di trovarmi di nuovo nell'ufficio dello sceriffo. Almeno ora mi ero abituata a lui.

«Buon pomeriggio, Violet. Immagino che tua madre ti abbia trovata.»

«Non è che mi stessi nascondendo. Sai bene dove trovarmi quasi tutti i giorni» feci notare.

«Beh, non credo sia appropriato entrare nel tuo posto di lavoro per interrogarti su un'indagine per omicidio.»

Alzai gli occhi al cielo prima di contare mentalmente fino a dieci. Harold aveva il dono di farmi sentire in colpa per il solo fatto di esistere. Dopo aver fatto un respiro profondo, mi concentrai su di lui, osservando i suoi occhi castani e la sua corporatura robusta. Harold era calvo da che io ricordassi, e la cosa gli donava.

«Sceriffo Smith» dissi, usando il suo titolo formale invece del modo più familiare con cui ci parlavamo di solito, «ho bisogno di

sapere cosa sta succedendo e perché ritiene necessario inter-
rogarmi.»

Lui annuì, si appoggiò allo schienale della sedia e incrociò le
mani sulla pancia. «Lo immagino. La situazione è questa, signo-
rina Broussard: la sua fabbrica sta causando qualche problema.
Un altro uomo è morto, e i suoi amici puntano il dito contro la
fabbrica.»

«Perché?»

«Beh, questa è una bella domanda. C'è qualcosa che non
torna. Non ho ancora prove concrete, ma in via ufficiosa, uno
degli uomini che conosceva il defunto ha detto che forse si aggi-
rava furtivamente intorno alla sua fabbrica. Nessuno ammette
nulla, ma sono sicuro che è solo questione di tempo prima che
uno di loro crolli e mi racconti la vera storia.»

Sospirai. «Har... Sceriffo Smith, mi dispiace molto che qualcuno sia morto, ma perché non affibbia a questi tizi una
denuncia per violazione di proprietà privata?»

Lui si strinse nelle spalle. «A quanto pare, non ho bisogno di
disturbarmi a denunciarli, sembra che muoiano dopo aver fatto
un salto da quelle parti.»

Rimasi a bocca aperta. «Sa benissimo che non è vero!»

«No, non lo so affatto. Stiamo aspettando l'autopsia e siamo
nelle fasi iniziali dell'indagine. Credo che Lei debba essere
onesta e dirmi ciò che sa» disse, sporgendosi in avanti e guardandomi dritto negli occhi.

«Non so niente! Non so chi pensa che io sia, ma le assicuro
che i miei crimini più gravi sono guidare un po' troppo veloce e
aggiungere un po' troppo zucchero alle mie ricette!»

Mi guardò senza battere ciglio, per un tempo che parve un'e-
ternità. «Forse non è Lei. Forse sono le persone che frequenta.»

Scossi la testa. «A meno che non abbia domande concrete da
farmi, io me ne vado. Non mi piace quello che sta insinuando.»

«Venga alla fabbrica con me» disse.

«Ancora? L'ultima volta che ci siamo andati non abbiamo
trovato niente. Cosa pensa di trovare questa volta?»

«Non lo so, ma ho la sensazione che quella fabbrica sia al centro di questa morte. E credo che lo sappia anche Lei, ed è per questo che si è precipitata qui così in fretta.»

«Mi sono precipitata qui perché sono una cittadina rispettosa della legge e quando mia madre mi ha detto che voleva parlarmi, sono venuta. Non ho niente da nascondere.»

«Una visita veloce, andiamo. Voglio dare un'occhiata al posto, ma non ho un mandato. Per ora. Potrebbe facilitare le cose e lasciarmi dare un'occhiata. Così potrei escludere la fabbrica come scena del crimine e concentrare le mie indagini altrove.»

Sospirai a lungo. Ero abbastanza convinta che non ci fosse nulla da trovare alla fabbrica. La nostra sala riunioni segreta era ben mimetizzata. Era meglio affrontare il problema di petto.

«D'accordo. Quando?»

«Adesso.»

«Ma certo. Ci vediamo là.»

«Se vuole, può venire con me» disse in tono amichevole.

«No, grazie. Vengo con la mia macchina.»

Non avevo nessuna intenzione di salire sul suo veicolo e rimanere alla sua mercé. Non ero una criminale. Speravo solo di poter dire lo stesso di mia madre e delle sue amiche. Mi rendevano nervosa.

Seguendo lo sceriffo fino alla fabbrica, mi diressi verso la porta principale, evitando l'ingresso che usavamo per le riunioni segrete della congrega. Non avevo molta fiducia nelle capacità di osservazione di Harold, ma anche un bambino avrebbe notato le impronte intorno all'area della porta. La porta era invisibile per lui, ma le impronte no. *Dobbiamo fare un lavoro migliore per mascherare le nostre visite,* pensai.

Usando le mie chiavi, aprii l'enorme lucchetto e spalancai la porta. La polvere ci accolse. La luce del sole filtrava dalle alte finestre, illuminando le particelle di polvere che fluttuavano nell'aria e le ragnatele drappeggiate negli angoli. Dava l'impressione che nessuno avesse disturbato quel luogo da un bel po'.

«Eccoci qua» dissi, allargando le braccia. «Si guardi intorno.

Mi dica se vede qualcosa di sinistro. La polvere è brutale, ma non credo possa essere responsabile della morte di qualcuno.»

Mi fulminò con uno sguardo per nulla divertito. In risposta, mi strinsi in una spalla.

«L'ultima volta che siamo stati qui, non siamo scesi in cantina» annunciò.

Lo stomaco mi si rivoltò. «Cosa?»

«Abbiamo controllato i piani superiori, ma non siamo mai andati in cantina» ripeté.

Avevo la bocca secca. «Beh, visto che l'uomo morto qui si trovava al piano di sopra, chiunque con un po' di buonsenso avrebbe pensato che fosse lì che dovevamo guardare.»

Harold si mise le mani sui fianchi, scrutando con lo sguardo l'enorme spazio aperto della fabbrica. «Voglio dare un'occhiata nel seminterrato. Se dovessi nascondere qualcosa, lo metterei lì.»

Annuii. «D'accordo, ma non ci sono mai scesa. Ci servirà una torcia» dissi, cercando di prendere tempo.

Ne tirò fuori una dalla tasca. «Ho sempre una torcia con me.»

«Oh, bene. Ottimo. La porta è laggiù» dissi, indicando la porta vicino alle scale.

Guardai verso la porta da cui entravamo e uscivamo dalla nostra sala riunioni segreta. La stanza era solo una frazione dello spazio sotto la fabbrica. Non avevo idea di come fosse il vero seminterrato, ma speravo che la nostra area segreta non fosse visibile a occhio nudo. A quel punto, non potevo che fidarmi. Mia madre e le sue amiche, che ne sapevano molto più di me sulle loro pratiche da streghe, mi avevano assicurato che la sala riunioni della congrega era nascosta dalla magia e lo era da secoli. A quanto pare, un tempo si trovava nella cantina di una casa che era stata demolita per far posto alla fabbrica che ora si trovava lì.

Speravo che avessero ragione.

Harold si diresse verso la porta del seminterrato e la aprì con poco sforzo. «Forse dovresti chiuderla a chiave.»

«Forse la gente non dovrebbe entrare senza permesso» ribattei.

«È lo stesso.»

«C'è un enorme lucchetto sulla porta d'ingresso. Se un intruso riesce a superare quello, nessuna serratura di una porticina gli impedirà di andare nel seminterrato, se vuole» feci notare.

Borbottom qualcosa che non capii. Non mi interessava discutere di questo con lui. Sebbene fosse terribile che un uomo fosse morto qui e che ora, a quanto pare, qualcuno fosse morto dopo aver visitato il posto, ciò non rendeva l'effrazione accettabile.

Scendemmo le scale industriali di metallo. Il puzzo di muffa e polvere era opprimente. Seguii la luce di Harold, facendo del mio meglio per non toccare il corrimano. Una volta arrivati in fondo, lui illuminò l'ambiente con la torcia, il cui fascio di luce rimbalzava sulle aree polverose. Vidi degli scaffali con scatole simili a quelle che avevo visto ai piani superiori.

«Magazzino» dissi, sottolineando l'ovvio.

Harold cominciò a muoversi e io seguii la luce, non volendo essere lasciata sola al buio.

«Non vedo ragnatele» affermò.

«È una brutta cosa?» chiesi, sbalordita. Personalmente, l'assenza di ragnatele mi andava più che bene. L'odore di muffa e l'oscurità erano già abbastanza inquietanti. Non avevo bisogno di nient'altro per rendere il tutto super spettrale.

«Quegli investigatori del paranormale sono proprio fissati con questa fabbrica. Ho parlato con George un paio di volte. È convinto che ci sia qualcosa da trovare qui» disse. Parlava con disinvoltura, ma sentivo che stava cercando di farmi dire qualcosa.

«Non so perché dovrebbe pensarlo» risposi, notando delle scatole accatastate a casaccio per terra. Ognuna sembrava essere stata frugata. Seguii la luce di Harold e vidi che la maggior parte delle scatole era ben riposta sugli scaffali e sigillata con del nastro adesivo.

Tenni per me la mia osservazione. Se Harold se ne accorse, non lo diede a vedere. Non volevo dargli altre ragioni per perquisire a fondo la fabbrica, specialmente il seminterrato. La sua torcia si mosse sul pavimento. Trasalii alla vista di impronte nitide nella polvere spessa.

«Che c'è?» chiese Harold.

Non se n'era accorto. Grazie al cielo. «Niente. La polvere mi sta dando fastidio. Hai visto abbastanza?»

Rimase in silenzio per alcuni lunghi secondi, la luce danzava sugli scaffali pieni di scatole. «Cos'è tutta questa roba?» chiese.

«Non lo so. Immagino vecchie forniture di produzione. Mia nonna ha chiuso la fabbrica decenni fa. Forse dovrei dare un'occhiata e vedere cosa posso vendere» riflettei.

«Potrebbe essere una buona idea, ma dubito che tu possa vendere questa roba» rispose, continuando a muovere la torcia.

Tossendo di nuovo, sperai che capisse l'antifona. «Ho davvero bisogno di prendere una boccata d'aria.»

«Va bene. Potrei aver bisogno di dare un'occhiata migliore qui sotto. Dovrò portare delle luci. Non riesco a vedere molto con questa torcia» disse.

La preoccupazione mi svolazzò nel petto. Non sapevo nemmeno cosa dovessi nascondere, a parte la sala riunioni della congrega, ma non mi piaceva l'idea che lui ficcasse il naso in giro. «Ah, sì?»

«Sì.»

Non aggiunse altro. Eravamo entrambi guardinghi, e avevo la sensazione che sospettasse di me.

«Non sembra altro che un mucchio di vecchie scatole. Non so cosa ti aspetti di trovare. Se questi cosiddetti investigatori del paranormale sono interessati alla fabbrica, non dovrebbe essere qualcosa di più ovvio?» obiettai.

«Sembra che la definizione di soprannaturale sia proprio che *non è* ovvio. Hanno attrezzature speciali e cose del genere» fece notare.

Finsi di essere stupida. «Attrezzature, davvero? Non ne ho viste qui sotto.»

«No, direi di no. Dovremo vedere dove ci porterà l'indagine.

Una volta che sapremo come è morto il ragazzo, potremo concentrare le nostre ricerche. Quel tale George è un tipo losco, ma non credo che uccida di proposito i suoi amici.»

Alla fine Harold si voltò per andarsene. Seguendo la luce che filtrava dall'alto, tornai di sopra. Il seminterrato non mi piaceva e di certo non mi piaceva starci con un poliziotto ficcanaso. L'intera situazione mi metteva in agitazione.

«Non mi piace molto George, ma non mi preoccupo di nulla di soprannaturale. Penso che la gente creda a quello che vuole e va bene così. Tuttavia, se si scopre che lui e i suoi amici sono entrati di nuovo in fabbrica, dovrò prendere provvedimenti contro di lui» dissi, con quanta più autorità riuscii a trovare.

«Staremo a vedere» rispose Harold.

Mi diressi verso la porta, sperando che Harold capisse l'antifona e mi seguisse. Non lo fece. Cominciò a camminare tra i macchinari al piano terra, osservandoli attentamente prima di addentrarsi ulteriormente nella fabbrica.

«Harold?» lo chiamai.

Si fermò, si girò e tornò verso di me. Aspettai che mi dicesse cosa stava facendo, ma non lo fece mai.

«Ti farò sapere se avrò di nuovo bisogno di accedere» disse, dirigendosi verso il suo camioncino. «Nel frattempo, terrò d'occhio questo posto.»

Deglutii il nodo che avevo in gola. «È un'ottima idea. Ti sarei grata se facessi il possibile per tenere fuori gli intrusi.»

Salì sul suo camioncino e si allontanò. Chiusi rapidamente a chiave la porta, controllai due volte e poi tornai alla mia macchina. Non potevo negare il senso di presagio che mi pervase. Non sapevo se fosse perché un uomo era morto dopo aver visitato la fabbrica, o se si trattasse di un cattivo presentimento. In ogni caso, la cosa non mi piaceva per niente e volevo andarmene il più lontano possibile da quel posto.

CAPITOLO TRE

Un vero giorno libero, che sollievo! Avevamo preso l'abitudine di chiudere il panificio la domenica. Era il nostro giorno di minor affluenza e ci sembrava la cosa più logica da fare. Daphne mi aveva chiamata per chiedermi se potevamo vederci per un caffè. Sapevo che voleva sapere cos'era successo con Harold il giorno prima. Le avevo mandato un messaggino per farle sapere che era tutto a posto, ma avrei dovuto immaginare che non le sarebbe bastato a lungo.

Avrei preferito poltrire in casa tutto il giorno, ma lei voleva spettegolare e dovevamo tenere le orecchie aperte per qualsiasi altra informazione che avremmo potuto raccogliere. Il Crooked Coffee era una fucina di informazioni. Lo sapevano tutti in città. Se volevi conoscere le ultime notizie del paese, il Crooked Coffee era il posto giusto.

Quando entrai nella caffetteria, convenientemente collegata all'ufficio postale, vidi che il locale brulicava di gente. Da quando Daphne aveva fatto installare una macchina del caffè al panificio, non frequentavo più così spesso la caffetteria più popolare della città. Daphne mi salutò con la mano e mi feci strada fino al minuscolo tavolo nell'angolo che aveva requisito.

«Tieni» disse, porgendomi una tazza di caffè fumante.

«Questo posto è affollato. Pensi che sia perché oggi siamo chiuse, o è così tutte le mattine e non me ne sono mai resa conto prima? Se è così ogni giorno, dobbiamo davvero migliorare la nostra offerta di caffè. Questi qui ci stanno dando dentro alla grande.»

Feci spallucce. «Non lo so. Penso che sia probabilmente perché siamo chiuse. Molte di queste persone sembrano turisti. Probabilmente sono diretti a New Orleans e si sono fermati solo per un caffè» risposi. Anche se apprezzavo l'entusiasmo di Daphne per il migliorare la nostra offerta di caffè, al momento non ero molto concentrata su quello. Avevo altri problemi per la testa.

«Ok, veniamo al sodo» disse Daphne.

«Eh?» Non riuscivo a starle dietro con quel rapido cambio di argomento.

«Dimmi cos'ha detto Harold. Ti ha chiesto se sapevi qualcosa? È sospettoso? Sei andata alla fabbrica con lui, quindi cos'è successo?»

Alzai una mano per fermare la raffica di domande a bruciapelo. Non mi presi nemmeno la briga di chiederle come sapesse che ero andata alla fabbrica, anche se avevo la sensazione che mia madre o una delle altre streghe mi avesse spiata. C'era sempre qualcuno che osservava, cosa che avevo imparato a trovare tanto sconcertante quanto confortante.

«È convinto che George e i suoi amici investigatori del soprannaturale fossero lì dentro a cercare i loro fantasmi e folletti, o qualunque cosa sperino di trovare. Non volevo andarci, ma ha minacciato di ottenere un mandato di perquisizione.»

«Oh cielo, la sta prendendo davvero sul serio!»

Abbassai la voce fino a un sussurro, non volendo essere sentita. «Voleva scendere nel seminterrato.»

Daphne sussultò: «Oh no!»

«Non credo però che sappia della stanza segreta, quindi meno male» dissi, fermandomi per bere un sorso di caffè.

«Perché avrebbe proposto il seminterrato se non sospettava che ci fosse qualcosa laggiù? Forse George ha scoperto in qualche modo la nostra stanza o sospetta che ci sia» disse lei, con la fronte corrugata dalla preoccupazione.

«Non credo. Voleva solo dare un'occhiata. Non è che potesse vedere molto con la torcia che aveva, comunque. Anche se ha detto che sarebbe tornato con un'illuminazione migliore. Non penso ci fosse niente da vedere. Si sta arrampicando sugli specchi. Il seminterrato sembra un posto abbastanza ovvio per delle bravate» scherzai.

«Beh, quello che ho da dirti non ti piacerà» disse lei.

Mugugnai. «Hai saputo altro? Ti prego, non dirmi che ci sono strumenti di tortura laggiù.»

«Ehm, non che io sappia, ma sì, ho saputo altro e non è una buona notizia. Non per noi, almeno.»

Tracannai il caffè. «Sputa il rospo.»

«Il giovane Harry è morto d'infarto» esordì Daphne.

«Infarto? Quanti anni aveva?»

«Diciannove.»

«Oh no! Faceva uso di droghe? Una qualche malattia ereditaria? Se è morto d'infarto, perché c'è un'indagine?» chiesi confusa.

Daphne scosse la testa. «No, non credono. La sua ragazza ha fatto un gran casino. Insiste che Harry non ha mai fatto uso di droghe. Lei è a New Orleans e non è mai venuta qui, ma questa è la voce che gira. Ah, e la sua famiglia arriva da New York domani. Ho la sensazione che solleveranno un polverone anche loro. Si dice che fosse perfettamente sano prima di venire a Lemon Bliss. Alcuni dicono persino che potrebbe essere stato avvelenato. Ci sarà un'indagine formale da parte del medico legale dello stato.»

Sentii il sangue defluire dal viso mentre mille scenari diversi mi attraversavano la mente. «Non penserai che sia stato davvero avvelenato, vero? Come? Chi farebbe una cosa del genere?»

Daphne sospirò e scosse lentamente la testa. «Spero che nessuno lo farebbe. È terribile.»

Sorseggiai il caffè mentre digerivo l'informazione. Il fatto che Harold fosse interessato alla fabbrica e che gli investigatori del soprannaturale avessero ammesso di essere stati lì mi preoccupava. Non riuscivo a pronunciare le parole. Era impensabile.

«Non penserai che le nostre madri c'entrino qualcosa, vero? Avvelenerebbero qualcuno per proteggere il nostro segreto?» sussurrai.

«No!» disse Daphne, enfaticamente. «Violet, dici sul serio? Non puoi crederlo davvero.»

Inclinai la testa di lato e la scrutai. «Mia madre mi ha detto che farebbe qualsiasi cosa per proteggere la congrega. Forse il veleno non era destinato a ucciderlo. Forse volevano solo farlo ammalare e le cose sono andate troppo oltre. Potrebbe essere stata Lila. Sappiamo quanto prenda sul serio la protezione di tutte noi.»

Daphne scosse la testa. «Assolutamente no. Mi rifiuto di credere che qualcuna di loro possa mai fare una cosa del genere. Non sono malvagie. Sono un po' matte, ma non farebbero mai del male a nessuno. Devi crederci. Mi rifiuto di pensare che possano ferire qualcuno. Il fatto che si siano sentite minacciate non cambia chi sono.»

«Voglio credere che non sia possibile, ma mia madre ha detto che teneva d'occhio la fabbrica. Mi sembra una coincidenza un po' troppo grande.»

«Violet, conosci tua madre. Penso che sia una coincidenza molto triste. Il medico legale probabilmente troverà qualche patologia pregressa. O forse l'esame tossicologico mostrerà che aveva qualcosa in corpo che ha causato l'infarto. Non sarebbe il primo a darsi un po' alla pazza gioia quando è lontano da casa. Tutte abbiamo fatto qualche follia. A volte, per pochi sfortunati, quella follia può essere fatale,» disse con tono cupo.

«Sono così triste che sia morto. Spero solo che si scopra che è stato un terribile incidente e che non abbia nulla a che fare con noi, le nostre madri o quella stupida fabbrica.»

«Dovremo solo aspettare,» disse, sorseggiando il caffè. «Nel frattempo, è probabile che le voci aumentino gli affari in città. Le persone che seguono le storie di soprannaturale si riverseranno in zona per vedere con i propri occhi. Non passerà molto tempo prima che la fabbrica sia al centro delle indagini e altri cacciatori di fantasmi saranno interessati. Dovremmo pensare all'aumento degli affari al forno. Forse questa storia di caccia ai fantasmi non sarà poi così male.»

La fissai, inorridita. «Cristo, Daphne!»

«È terribile che Harry abbia avuto un infarto, ma sto solo dicendo,» disse lei con fare imbarazzato.

«Uff. È meglio che trovi un modo per chiudere la fabbrica per bene. Se erano davvero dentro, mi piacerebbe sapere come sono entrati. La serratura sulla porta d'ingresso era ancora al suo posto. Non sembrava che nessuno l'avesse manomessa. Non voglio altre morti lì, accidentali o meno.»

«Forse Gabriel può aiutare?» suggerì. «Chiedigli di dare un'occhiata in giro e di mettere tutto in sicurezza. Potresti considerare anche un sistema di allarme.»

«Gliene parlerò. Devo fare qualcosa. Non può continuare così. I miei nervi non ce la fanno.»

«Hai detto che Harold ha promesso di fare delle pattuglie extra?»

«Sì.»

«Questo potrebbe essere un problema.»

«Come? Impedisce alla gente di entrare di continuo, o per lo meno, sapremo che sono lì dentro e potremo cacciarli via.»

Annuì lentamente. «Sì, ma se un agente vedesse una di noi entrare lì? Non possiamo tenere le riunioni della congrega mentre c'è una maggiore sorveglianza. Questo lo renderebbe sicuramente sospettoso.»

Sospirai. «Hai ragione. Mi assicurerò di dirlo a mia madre. Potrà avvisare le altre. Ho la sensazione che questo non le scoraggerà, però. Mi ha detto che stavano tenendo d'occhio il posto e che sapevano che quegli investigatori si stavano introducendo.»

«Perché non ce l'hanno detto?» chiese, con frustrazione evidente.

«Perché ci stavano proteggendo. Non volevano disturbarci, visto che siamo state così impegnate con il forno,» dissi con sarcasmo.

«È ridicolo. Se lo avessimo saputo, avremmo potuto essere un po' più previdenti.»

«Sono d'accordo. Ho visto delle impronte nel seminterrato,» sbottai.

I suoi occhi si spalancarono. «Cosa? Perché non hai iniziato da lì? Erano vicine alla nostra stanza?»

«Non lo so. Non volevo attirare l'attenzione su quella zona. Siamo rimasti vicino alle scale e non siamo andati molto oltre. Forse dovremmo tornare?» suggerii.

«Neanche per sogno! Non ho intenzione di entrare in un seminterrato inquietante, soprattutto se c'è del veleno in agguato. Sei fuori di testa,» disse.

Risi. «Non penso ci sia nulla di cui aver paura, a parte tonnellate di polvere. Ci sono già stata e mi sento benissimo.»

«Non possiamo entrare lì, Violet. E se Harold ci vedesse?»

«È il mio edificio.»

Scosse la testa. «Davvero non voglio entrare lì. Quella fabbrica mi ha sempre messo ansia. L'unico motivo per cui ci vado è per le riunioni della congrega. Non penso che sia un bel posto per passare il tempo. Sarò anche una strega, ma non mi piacciono le cose spettrali. Sono una totale contraddizione?»

Ridacchiai. «Non credo. Non nel mondo di oggi. Le streghe di oggi sono tutte amore e luce, niente calderoni oscuri e cose del genere.»

«Comunque non ci vado.»

«Va bene, non devi venire. Non ti farò pressione.»

«Forse Gabriel può parlare con George?» suggerì Daphne.

Risi. «Non credo che funzionerebbe. Non si sono lasciati proprio da amici l'ultima volta che si sono visti. Ma lo sapevi che George era ancora in città? Pensavo se ne fosse andato. Immagino di non aver prestato molta attenzione a ciò che succedeva.»

«Hai una nuova attività in piena espansione e un fidanzato

sexy. Non devi preoccuparti di chi fa cosa,» disse, stringendosi nelle spalle.

«Grazie. Mi sento come se mia madre pensasse che io sia una specie di fiore delicato. E anche tu. Ha detto proprio che non volevano disturbarci. Se venisse provato che è stato avvelenato nella fabbrica, mi sentirei malissimo.»

«Non preoccupiamoci ancora di tutto questo. Una cosa alla volta. Le cose non sono mai esattamente come sembrano.»

Emisi un lungo sospiro. «Lo spero. Ci meritiamo qualche mese noioso.»

Iniziò a ridacchiare. «E quando ci annoieremo, rimpiangerai questi giorni.»

«Ah! Ne dubito.»

Mi fece l'occhiolino. «Staremo a vedere. Devi ammettere che tutte queste storie soprannaturali rendono le cose interessanti.»

CAPITOLO QUATTRO

Sapevo di non doverlo fare. Lo sapevo davvero, ma questo non mi ha impedito di farlo comunque. Daphne copriva il turno in pasticceria e questo significava che avevo un po' di tempo libero. La notte prima non ero riuscita a dormire. Riuscivo solo a pensare a quel ragazzo morto dopo essersi intrufolato nella fabbrica. Le parole di mia madre mi riecheggiavano nella mente, ripetendosi all'infinito. Sarei impazzita se non fossi andata a vedere con i miei occhi. Dovevo sapere con cosa avevo a che fare.

Un problema enorme era che temevo di non potermi fidare di nessuno, non del tutto. Tutti sembravano avere secondi fini quando si trattava di proteggere la congrega e il nostro piccolo segreto. Non così piccolo, a quanto pare. Il nostro segreto poteva svelare un passato che avrebbe distrutto delle famiglie per sempre. Potevo proteggere il segreto di famiglia, ma non potevo proteggere un assassino.

Dopo essermi tormentata tutta la notte su cosa fare, alla fine mi alzai dal letto e indossai un vecchio paio di jeans, una maglietta e delle robuste scarpe da ginnastica. Avevo delle indagini da fare. Guidai fino alla fabbrica e parcheggiai proprio davanti, in bella vista. Se Harold o uno dei suoi vice avessero visto la mia auto, avrei potuto facilmente giustificare la mia presenza. Non volevo dare l'impressione di aggirarmi furtivamente o di tentare di nascondermi.

Con la mia grossa torcia in mano, mi diressi verso la porta che conduceva alle scale del seminterrato. Era inquietante, non c'era dubbio, ma non ero preoccupata per fantasmi o altre creature soprannaturali. Ero più preoccupata per quelli del genere umano.

Accesi la torcia e seguii il fascio di luce giù per le scale, puntandolo sul pavimento e poi in alto.

Rilassati, Violet. Non c'è nessuno, mi dissi quando mi parve di sentire un rumore.

Era tutto nella mia testa. Doveva essere così. La porta era chiusa a chiave, quindi nessuno avrebbe potuto entrare. Mi addentrai nel seminterrato, controllando gli scaffali e dando un'occhiata nelle scatole aperte. Non trovai nulla che sembrasse pericoloso o anche solo lontanamente interessante.

«È una stupidaggine» borbottai e cominciai a tornare indietro.

D'impulso, decisi di controllare il nostro luogo di ritrovo segreto. Sapevo che era pericoloso, specialmente se qualcuno stava osservando, ma volevo vedere se c'erano segni di manomissione. Che aspetto avrebbero avuto non lo sapevo, ma dovevo vedere con i miei occhi.

Spensi la torcia e iniziai ad attraversare il pavimento della fabbrica, aggirando i macchinari pesanti.

Un lampo viola con la coda dell'occhio mi fece sobbalzare e quasi urlare. Mi voltai di scatto, con la torcia pronta per attaccare.

«Lila! Che ci fai qui?» urlai.

«Che ci fai tu qui?» rispose lei a tono, con una mano premuta sul petto.

«Mi hai spaventata! Nessuno dovrebbe essere qui. Sei fuori di testa?» strillai.

«Rilassati. Calmati» disse, facendo diversi respiri profondi.

Abbassai la torcia. «Lila, non puoi stare qui».

«Lo so, lo so, ma volevo controllare la situazione. Nessuno mi ha vista entrare».

«Come fai a saperlo?» chiesi. «Sei venuta a piedi? Dov'è la tua macchina?»

«La mia macchina è sul retro».

Gemetti. «Fantastico, questo non sembrerà affatto sospetto. Quando Harold passerà di qui e vedrà la tua auto vicino alla porta sul retro, non penserà che sia strano, per niente» dissi, alzando gli occhi al cielo.

Lei fece un gesto vago con la mano, ignorando le mie preoccupazioni. «Fidati, cara, non vedrà la mia macchina».

Alzai gli occhi al cielo. «Magia?»

Lei mi fece l'occhiolino in risposta.

«Fantastico. Allora, perché sei qui?» le chiesi di nuovo.

«Beh, ho sentito le voci e volevo assicurarmi che fossimo al sicuro. E poi, volevo accertarmi che nessuno di quegli investigatori stesse ficcando il naso in giro. Devi proprio trovare un modo per rendere più sicuro questo posto, cara» mi ammonì.

Repressi l'impulso di urlare che erano le persone come lei che continuavano a entrare di nascosto. «Non so da dove entrino. È proprio per questo che sono qui».

Annuì. «Beh, dev'essere una di quelle finestre. Le porte sono chiuse a doppia mandata».

Annuii in accordo. «Allora controllerò tutte le finestre più in basso. Si aprono tutte, giusto?»

Lei si strinse nelle spalle. «Non lo so, cara. Non ho mai lavorato in fabbrica».

Ci avvicinammo al muro e cominciammo a controllare ogni finestra a battente.

«Guarda!» dissi, indicando una delle finestre. Era aperta di una frazione di centimetro. C'era una scrivania spinta contro il muro sotto la finestra.

Lila esaminò la scrivania. «Beh, credo che tu abbia trovato il punto di ingresso. Guarda queste impronte. Sembra che ci abbiano ballato il tip-tap quassù».

«La chiuderò, ma immagino che dovrò trovare una soluzione un po' più permanente. È meglio controllare il resto delle finestre».

Proseguimmo, cercando qualsiasi segno che indicasse che le altre finestre fossero state usate come punti di accesso. Non trovammo nulla di sospetto. Ci ritrovammo a guardare la porta che conduceva alla nostra sala riunioni segreta. Era una porta normale che noi potevamo vedere, ma chiunque fosse al di fuori della nostra congrega no. Al suo posto avrebbe visto un muro.

«Riescono a sentire la maniglia?» chiesi, con la mente che frullava.

«Cosa?» domandò Lila, confusa.

«Se quegli investigatori passassero le mani lungo il muro, potrebbero sentire la maniglia della porta?» chiesi, col cuore che mi batteva all'impazzata.

Lo sguardo di Lila si spostò altrove, poi sospirò. «È protetta dalla magia, ma qualcuno con dei poteri potrebbe riuscire a scoprire che qui c'era la stanza. È una possibilità molto remota.»

Fantastico, davvero fantastico.

Allungando una mano, aprì la porta. Scendemmo di corsa le scale ed entrammo nella stanza segreta.

«Non vedo niente fuori posto,» dissi, accendendo la luce e scrutando il piccolo spazio.

Lila si aggirò lentamente, osservando i divani e le sedie prima di dirigersi verso l'angolo cottura improvvisato dove ci esercitavamo con gli incantesimi.

«Lila?» chiesi preoccupata, vedendo che non diceva nulla.

Aspettai mentre si muoveva nell'area prima di puntare verso il fondo della stanza. Immaginai che stesse usando i suoi sensi per vedere se riusciva a percepire la presenza di un estraneo.

«Non credo che nessuno abbia trovato questa stanza,» disse infine.

Tirai un sospiro di sollievo. «Bene. Dobbiamo pensare a un modo per rendere questo posto più sicuro.»

Mi squadrò. «Le probabilità che qualcuno la trovi sono estremamente basse. Dovrebbe avere dei poteri.»

Persino quella minima possibilità sembrava troppo rischiosa. Una vulnerabilità che non potevamo permetterci.

Si lasciò cadere su uno dei divani e appoggiò la testa all'indietro.

«Che stai facendo? Dobbiamo andarcene di qui, nel caso in cui Harold veda la mia macchina e venga a cercarmi. Non ho chiuso a chiave la porta d'ingresso.»

«Oh, Harold. Mi manca proprio quell'uomo,» disse lei, con un tono quasi senza fiato.

Lasciandomi cadere sul divano accanto a lei, le lanciai un'occhiata. «Mi dispiace, Lila. So che ci tieni a lui.»

Mi rivolse un sorriso dolce, con lo sguardo sognante. «È vero. Ci ho sempre tenuto. Solo che lui non sembra mai vedermi per davvero. Vede una donna eccentrica che non potrebbe mai prendere sul serio.»

Sogghignai. «Ti ha presa piuttosto sul serio quando era sotto quell'incantesimo.»

«È stato tutto molto bello, ma non era naturale.»

«Hai detto che l'incantesimo non sarebbe stato così efficace se non ci fosse stato già qualcosina ad aiutarlo. L'incantesimo ha solo amplificato ciò che provavate l'uno per l'altra. Ha abbattuto quelle barriere che tutti noi ergiamo intorno al nostro cuore,» le dissi, credendo a ogni parola. All'improvviso ero diventata una fan sfegatata della storia d'amore tra Lila e Harold. Accidenti, ma a cosa stavo pensando?

«È un brav'uomo, anche se cerca sempre di incastrarci,» disse con un occhiolino.

Risi. «Vero. Perché non lanci un altro incantesimo?»

«No! Non potrei mai farlo,» protestò lei.

«Perché no? Esiste una versione più leggera? Un incantesimo

che lo aiuti semplicemente a vederti per come sei e gli ricordi cosa gli piace di te?»

Scosse la testa. «Non lo so, ma so che non voglio che si innamori di me per via di un incantesimo. Se non riesce a vedermi e ad amarmi per quello che sono senza paraocchi magici, allora non lo voglio.»

«Ha solo bisogno di una piccola spinta nella giusta direzione,» ribattei.

Quando si voltò di nuovo verso di me, vidi il luccichio delle lacrime nei suoi occhi. «Quella spinta deve venire da dentro. Non mi faccio problemi a flirtare con lui spudoratamente o a cercare di conquistarlo con qualche dolcetto, ma non userò la magia. Tutte noi abbiamo imparato che la magia non è la risposta quando si tratta d'amore. Tu hai fatto la cosa giusta con Gabriel.»

«Cosa vuoi dire?»

«Lui si è innamorato di te e per te. Non era sotto un incantesimo o ammaliato. Ti ha vista quel giorno all'ufficio postale ed è rimasto subito colpito da te.»

Non ero così sicura che Gabriel fosse già innamorato di me, ma non era quello il punto. «Forse, ma lui sapeva della magia e delle streghe. Non aveva preconcetti su di me. Credo che sia questo il problema con Harold. Lui sì.»

«È esattamente il nostro problema, perché la maggior parte della gente ne ha. Molte streghe sono destinate a rimanere sole, come quelle prima di noi. È la maledizione di essere una strega.»

Mi si strinse il cuore a sentirla così abbattuta. «Spero non sia così. Se lo fosse, significherebbe che tra me e Gabriel non funzionerà. Non sono pronta a dire che sia innamorato di me, ma preferirei non pensare che non abbiamo nemmeno una possibilità fin dall'inizio.»

Lei sorrise e mi mise una mano sul ginocchio. «Gabriel è diverso. Voi due potreste farcela. Lui capisce chi sei e non se ne fa un problema. Questo fa tutta la differenza.»

«Lo spero. Sono sicura che ci siano uomini là fuori disposti ad accettarti per come sei. Ci vorrà solo un po' di impegno per trovarli. Forse ci serve un sito d'incontri per single magici.»

Gettò la testa all'indietro e rise. «Sì, proprio così. Iscrivimi subito.»

«Andrà tutto bene, Lila. So che andrà così. Devi solo fare in modo che Harold ti veda per la donna meravigliosa, divertente e leggermente eccentrica che sei.»

Sospirò. «Se solo fosse così facile. Quell'uomo sembra cieco quando si tratta di me. È come se il suo sguardo mi attraversasse.»

«Fatti vedere da lui. Hai provato a dirgli come ti senti?»

Sembrò inorridita. «Stelle, no! Sei matta?»

Risi. «Probabilmente un po'. Guarda che gente frequento.»

Mi lanciò un'occhiataccia scherzosa. «Dirò a tua madre che hai detto così.»

«Forse è meglio andare. La tua macchina sarà anche invisibile, ma la mia è proprio lì, in bella vista.»

Al suo cenno affermativo, ci alzammo insieme e uscimmo. Fermandoci sul pianerottolo, ci assicurammo di non sentire nessuno muoversi al di là della porta.

«Via libera,» sussurrai.

«Se è via libera, perché sussurri?» mi sussurrò di rimando Lila.

Scoppiai a ridere. «Non lo so. Mi sento sempre così trasgressiva quando vengo qui.»

«Abbi cura di te, cara. Non preoccuparti per questa vecchia fabbrica. Terremo tutti d'occhio la situazione. Non permetteremo a nessuno di scoprire il nostro segreto,» disse, dirigendosi verso l'uscita posteriore della fabbrica.

Con un cenno di saluto, attraversai il pavimento verso la porta principale. Era quello il problema. La sua promessa era ciò che mi terrorizzava. Ero preoccupata di quanto in là si sarebbero potuti spingere quegli investigatori del soprannaturale.

Mentre mi allontanavo in macchina, i miei pensieri tornarono a Lila. Sembrava sola. Se solo ci fosse un modo per alleviare la sua solitudine.

«No!» fermai il filo dei miei pensieri.

Accidenti, stavo pensando proprio come loro. Era la magia. Avere il potere di maneggiare quella magia poteva spingere le persone a fare cose davvero folli. Dovevo tenermi sotto controllo. Non volevo ritrovarmi ad agitare la mia proverbiale bacchetta magica ogni volta che incontravo un problema. Il resto della popolazione si arrangiava in qualche modo, potevo farlo anch'io.

CAPITOLO CINQUE

La giornata era volata e, come al solito, mi ero ritrovata in pasticceria anche se era il mio giorno libero. Avevo aggiornato Daphne sulla finestra aperta che avevamo scoperto e sulla mia chiacchierata con Lila. Daphne era d'accordo ad aiutare a far rimettere insieme Harold e Lila. Eravamo appoggiate al bancone, sorseggiando un caffè dalla tanto amata e sofisticata macchina di Daphne.

Con un sospiro, mi raddrizzai. «È meglio che vada. Gabriel dovrebbe passare a prendermi alle cinque. Andiamo a cena al Ruby Red.»

«Ooh, elegante,» disse lei, ammiccando.

Ridacchiai. «Sì, per quanto possa essere elegante il Ruby Red, insomma. Ci vediamo domani,» dissi salutando con la mano mentre uscivo.

Tornai a casa con a malapena il tempo per una doccia veloce. Gabriel bussò proprio mentre mi infilavo le scarpe.

«Sei bellissima,» disse, non appena aprii la porta.

Sorrisi. «Neanche tu sei messo male. Te la cavi davvero bene a tirarti a lucido,» lo presi in giro.

Mi rivolse un gran sorriso e chinò il capo per posare le sue labbra sulle mie in un bacio. «Pronta?»

«Sì, prendo solo la borsa.»

Mi assicurai di controllare che la porta sul retro e quella d'ingresso fossero chiuse a chiave prima di andarcene. Non mi era mai sembrato così importante prima, ma con i recenti avvenimenti non volevo correre rischi. Se quegli investigatori stavano ficcanasando, avrebbero potuto decidere che ero coinvolta negli affari soprannaturali a causa del mio legame con la fabbrica. Non potevo correre alcun rischio.

Soprattutto perché, in effetti, ero dotata di poteri soprannaturali. Di tanto in tanto, questo fatto mi sbalordiva ancora.

Ero contenta che andassimo a cena fuori città. Stare in paese a volte era difficile. Tutti conoscevano tutti e quando c'erano pettegolezzi grossi come quelli del momento, era difficile avere un attimo di pace. Volevo rilassarmi e godermi la cena con il mio ragazzo, non rispondere a venti domande sulla fabbrica e su quello che potevo sapere o meno sull'infarto del povero Harry.

Dopo esserci seduti e aver ordinato da bere, mi appoggiai allo schienale della sedia e guardai Gabriel. Con i suoi capelli biondo sabbia e gli occhi azzurri, era un bel vedere, come direbbe mia madre.

«Ho incontrato Harold questo pomeriggio,» commentò.

Sospirai. Avevo sperato di dimenticare tutto, ma non era destino. «Cosa ti ha detto?»

«Il medico legale ha già una causa di morte.»

Spalancai gli occhi e il cuore mi sprofondò nel petto. «Davvero?»

Gabriel annuì. Dal modo in cui tergiversava, capii che non erano buone notizie. Mi preparai mentalmente.

«Non è una buona notizia, Violet.»

Rilasciai il fiato che avevo trattenuto. «Non mi dirai che è andato in overdose o che aveva qualche malformazione cardiaca congenita, vero?»

«No.»

Feci un respiro profondo. «Dimmi.»

«È stato avvelenamento da aconito.»

Lo fissai, aspettando che dicesse qualcosa di importante. «Cosa? Cos'è l'aconito?» chiesi, completamente confusa sul perché quell'informazione fosse preoccupante.

«L'aconito a volte viene chiamato strozzalupo,» disse.

Ancora non capivo perché quella sostanza fosse significativa. «Gabriel, non so cosa sia neanche quello,» dissi, scuotendo lentamente la testa.

«È un ingrediente che un tempo era molto comune nella stregoneria. Forse lo è ancora. So che mia madre ne teneva un po' in giro, ed è per questo che so di non doverci mai avere a che fare. È tossico.»

Quello chiarì la mia confusione in un istante. «Oh, no,» sussurrai.

Lui annuì. «Esatto. Non so se le signore lo usino oggi, ma era popolare un paio di secoli fa. Conosco poco l'arte, ma so che è intrisa di tradizioni e rituali. Non riesco a immaginare che esista un altro ingrediente che possa sostituirlo, il che significa che sarebbe ancora necessario per certi incantesimi e pozioni.»

«Quindi pensi che le streghe abbiano l'aconito e che in qualche modo questo ragazzo sia riuscito a metterci le mani sopra?»

Fece spallucce.

«Gabriel, non è possibile!»

«Violet, sappiamo entrambi quanto siano serie quando si tratta di proteggere il loro segreto,» disse a voce bassa.

Scossi la testa. «Non riesco a credere che nessuna di loro avvelenerebbe intenzionalmente qualcuno, tanto meno un ragazzo di diciannove anni.»

«Forse non era destinato a lui. Forse era per George.»

Mi sentii assolutamente male. Ogni possibilità di passare una bella serata era svanita.

«Non posso crederci, Gabriel. Mi rifiuto di crederci.»

Anche mentre pronunciavo quelle parole, la mia mente turbinava. Perché avevo avuto gli stessi sospetti. Tuttavia, non riuscivo a credere che mia madre e le sue amiche avrebbero cercato di fare del male a qualcuno.

Lui fece spallucce. «Neanch'io voglio crederci, ma quella roba è venuta fuori da qualche parte. Non è comune. Dubito che abbia raccolto la pianta e l'abbia mangiata. Qualcuno deve avergliela data di nascosto. Non c'è altra spiegazione.»

«Gabriel, non puoi pensare che qualcuno che conosciamo possa mai fare una cosa del genere. È un pensiero orribile!»

«Spero di no, ma penso che tu debba essere consapevole. C'è una buona probabilità che ci sarà un'indagine e sarà una cosa seria.»

«Fantastico, semplicemente fantastico. Beh, non vedo l'ora di vedere cosa ci aspetta. Che casino,» brontolai.

Il cameriere apparve al nostro tavolo, interrompendo ogni discorso su morte e veleno. Riuscimmo a terminare la cena senza parlare di streghe e di quello che ci aspettava a casa.

«Ho una riunione stasera», dissi, voltandomi verso Gabriel quando si fermò davanti a casa mia.

Lui annuì. «Lo so. Zia Coral mi ha avvertito che non potevo farti fare troppo tardi», disse, con un leggero sorriso.

Alzai gli occhi al cielo. «Fantastico, non ho solo una madre. Ne ho quattro.»

«Passerò domani sera dopo il lavoro, a patto che tu non abbia un'altra riunione d'emergenza.»

Gli diedi un bacio al volo e saltai giù dal suo pick-up. Una volta dentro, mi cambiai mettendomi abiti più comodi prima di dirigermi a casa di mia madre. Non potevamo andare alla fabbrica. Era semplicemente troppo rischioso in quel momento. L'incontro di stasera era stato mascherato da un party di candele che mia madre stava ospitando. Ci sarebbero state delle candele, certo, ma non del tipo alla moda per cui la gente faceva a gara.

Quando arrivai a casa, tutte le altre erano già lì. Mia madre aveva tirato fuori una scatola di candele e anche un rinfresco. Inarcai un sopracciglio interrogativa osservando la scena. «Cos'è tutta questa roba?»

«Nel caso in cui qualcuno dovesse passare, dobbiamo far sembrare che stiamo davvero tenendo un party di candele.»

«Di solito ricevi visite così tardi la notte?»

«Non fare la spiritosa, Violet. Non possiamo permetterci di sollevare altri sospetti. Abbiamo già abbastanza problemi da affrontare.»

Mi sedetti e aspettai che qualcuna dicesse qualcosa. Quando l'argomento di conversazione si concentrò su una nuova ricetta che Coral stava provando, mi schiarii la gola e mi alzai. Non ero in vena di chiacchiere.

«Gabriel dice che è arrivato il rapporto del medico legale.»

Quella notizia fece calare il silenzio nella stanza e tutte si voltarono a guardarmi. «E?» chiese Magnolia.

«E secondo il medico legale, Harry è morto per avvelenamento da aconito.»

Lanciai la mia bomba e attesi. Daphne mi guardò. Mi resi conto che, come era successo a me all'inizio, probabilmente non aveva idea di cosa fosse l'aconito.

«Aconito? Strozzalupo?» sussurrò Lila.

Annuii. «È quello che ha detto Gabriel. Sono sicura che ne sapremo di più nei prossimi giorni. Ne avete mai sentito parlare?»

Il silenzio fu eloquente.

Dopo diversi istanti di silenzio tombale, mia madre si schiarì la gola. Tendeva a essere la portavoce della congrega. «Certo che ne abbiamo sentito parlare.»

«E?»

«E cosa?» ribatté lei seccata.

«Lo usate?»

«Lo abbiamo usato in passato», rispose Coral. «È un ingrediente molto comune in diverse pozioni, ma viene usato anche a scopo medicinale. I nostri antenati erano guaritori eccellenti. Usavano ingredienti naturali per curare vari disturbi. È usato ancora oggi in alcuni rimedi omeopatici.»

Guardando in giro per la stanza, non percepii nulla di sospetto. Annuivano tutte in accordo con ciò che diceva Coral.

«Sapevate che fosse velenoso?» chiesi.

Stavolta il silenzio fu assordante.

«Mamma?» chiesi, incrociando il suo sguardo e pregando che mi offrisse un motivo per non sospettare di lei.

«Certo che sappiamo che può essere velenoso se non viene usato correttamente. Questo non significa che c'entriamo qualcosa», disse con fermezza.

Magnolia e Coral sembravano preoccupate, ma Lila pareva furiosa.

«Lila?» chiesi, chiedendomi perché fosse arrabbiata invece che preoccupata.

«Quegli uomini. Perché non lasciano le cose come stanno? Non fanno altro che creare problemi. Non hanno niente a che fare con la fabbrica», disse, con le guance arrossate.

Come previsto, mia madre intervenne. «Lila, non possiamo lasciare che questa cosa ci turbi. Sono curiosi. Quegli show amatoriali sul soprannaturale vanno tanto di moda di questi tempi. Una volta che si renderanno conto che non c'è niente da trovare, se ne andranno per la loro strada.»

«E se non lo fanno? Aspettiamo da mesi! Continuiamo ad aspettare che George perda interesse. Be', non sta succedendo. È più incuriosito che mai. Ha persino coinvolto altre persone, e con risultati tragici!»

«Rilassati, Lila. Abbiamo scoperto da dove entravano nella fabbrica. Chiederò a Gabriel se può aiutarmi a sbarrare quelle finestre per impedire altre intrusioni. Una volta che non potranno più entrare, se ne andranno. La fabbrica è attraente solo perché è vecchia ed enorme. Per loro è come una casa stregata», dissi, sperando di placare le sue preoccupazioni.

«Be', è maleducato da parte loro pensare che sia giusto entrare senza permesso», ribatté.

Risi tra me e me. Tecnicamente, l'edificio era mio e stavano violando la mia proprietà. Sì, la congrega aveva una sala riunioni nel seminterrato, ma era comunque il mio edificio. Se c'era qualcuna che doveva offendersi, quella sarei dovuta essere io.

«Rilassati, Lila. Non abbiamo nulla di cui preoccuparci. Voi non usate più quella roba, vero?» chiesi.

Le donne si scambiarono un'occhiata.

«Mamma?» la interrogai, temendo il peggio.

«No, cara. Non la usiamo.»

La guardai, cercando di leggerle dentro, ma aveva un'eccellente faccia da poker. Non riuscivo a capire se fosse sincera con me o no. Volevo crederle, ma non potevo ignorare quella fastidiosa preoccupazione.

«È ora di far sapere a George che non lo vogliamo qui», disse Coral, con autorità.

«E come proponi di farlo?» chiese Daphne.

«Non lo so, ma è una vera seccatura.»

«Devono andarsene tutti da Lemon Bliss. Più ficcano il naso, più sollevano sospetti tra le persone che vediamo ogni giorno. So che la gente mi guarda in modo un po' diverso adesso», disse Magnolia. «Ci sono sempre state voci sulle nostre famiglie, e ora la gente che è qui da generazioni sta ricominciando a parlare. Non mi piace.»

Mia madre annuì. «Hai ragione. Dobbiamo farli andar via. Forse possiamo trovare per loro un nuovo posto infestato. Da qualche parte molto lontano da Lemon Bliss.»

Io e Daphne ci scambiammo un'occhiata. Le donne stavano davvero parlando di cacciare George e la sua squadra di investigatori fuori città. Non pensavo che la gente facesse ancora cose del genere, ma eccoci lì, in una stanza piena di donne arrabbiate che stavano complottando per fare proprio questo.

«Forse farò un incantesimo», disse Lila.

«Un incantesimo per fare cosa?» chiesi, spaventata dalla risposta.

«Per far dimenticare loro tutto ciò che riguarda Lemon Bliss, la fabbrica e il soprannaturale in generale. Non è giusto scaricarli su un altro gruppo di streghe. Devono lasciar perdere, e l'unico modo perché ciò accada è cancellare il loro interesse», disse, come se stesse parlando di qualcosa di normale come lavarsi i capelli.

«Lila, non puoi farlo», protestai.

«Posso, e lo farò se tutte sono d'accordo che sia il piano migliore. Personalmente penso che risolva tutti i nostri problemi. Cancelliamo i loro ricordi e non torneranno mai più a Lemon Bliss.»

Mia madre sembrava stesse davvero considerando l'idea. «Mamma! Non penserai che sia una buona idea!»

«Cosa? Ma è così. Non farà loro del male e risolve il problema. Non dovremo preoccuparci che parlino con altri, creando ancora più interesse nel loro piccolo mondo di fan del soprannaturale» disse lei.

Scossi la testa. «Non posso credere a quello che sto sentendo. Devo andare. Domani mattina mi alzo presto».

Daphne si alzò. «Anch'io. Non lanciare nessun incantesimo finché non avremo avuto un po' di tempo per pensarci».

Lasciammo le altre indietro, sapendo che probabilmente avrebbero passato le ore successive a tramare. La cosa era a dir poco allarmante.

CAPITOLO SEI

Era una mattinata tranquilla in pasticceria, il che mi andava più che bene. La mia mente era assorta a pensare all'effrazione in fabbrica e a cosa significasse per noi. Non sapevo nulla dell'aconito, ma pensavo che avrei dovuto informarmi. Purtroppo, non ero sicura di potermi fidare completamente dell'onestà di mia madre e delle sue amiche.

«Ci sono novità?» chiesi a Daphne quando entrò in cucina.

Normalmente, quella domanda era casuale. Nel mondo delle streghe e della Lemon Bliss, era carica di significato.

«No. Ho chiamato mia madre ieri sera, ma era ancora a casa di tua madre.»

«Fantastico. Posso solo immaginare che piani folli avranno architettato» borbottai, afferrando la mia tazza di caffè e bevendone un sorso.

«Puoi ben dirlo. Erano davvero serie ieri sera. Non credo di aver mai visto Lila così arrabbiata» disse Daphne.

«Dobbiamo scoprire di più su questa storia dell'aconito. Ma non possiamo chiedere a nessuno.»

Le campanelle sulla porta d'ingresso tintinnarono, richiamando Daphne al bancone. Lavorai in silenzio, con la mente che continuava a rimuginare idee e possibilità su cosa potesse essere successo a Harry. Non avevo avuto notizie da Harold, e speravo che fosse un buon segno. Forse avevano già trovato la fonte dell'aconito e non c'era più bisogno di cercare oltre. Sognare non costava nulla.

Daphne riapparve, porgendomi una tazza di caffè fumante. La presi con gratitudine. Dopo un sorso, le lanciai un'occhiata. «Hai imparato a usare alla perfezione quella macchina per l'espresso» dissi facendole l'occhiolino.

Lei sorrise. «So che adori i tuoi caffellatte al caramello, quindi mi sono impegnata per farli alla perfezione.»

«Direi che ci sei riuscita.» Sorseggiai lentamente, assaporando il gusto ricco.

Daphne tornò alla nostra conversazione precedente. «Non possiamo far sapere agli altri che stiamo indagando sull'aconito.»

«Assolutamente d'accordo, ma come faremo a scoprire qualcosa? Ci hanno già detto che le informazioni che si trovano online non sono molto utili. Sono sicura che se ne parli nel libro degli incantesimi in fabbrica, ma così saprebbero che abbiamo ficcato il naso.»

Lei rise. «Credo che ormai ci conoscano abbastanza da sapere che potremmo farlo. Ma hai ragione, non dobbiamo essere troppo ovvie.»

«Posso comunque vedere cosa trovo online. Magari ci darà qualche spunto» suggerii.

«No! La polizia può controllare la cronologia del tuo computer. Se quest'indagine dovesse iniziare a puntare nella nostra direzione, non puoi esporti a un rischio simile. Probabilmente non dovremmo nemmeno parlarne» sussurrò, guardandosi intorno in cucina.

«Perché?»

«E se mettessero delle microspie nella pasticceria?»

Scoppiai a ridere. «Non ti sembra di essere un po' paranoica?»

Lei fece spallucce. «Non si è mai troppo prudenti. Se c'è un'indagine per omicidio e sospettano che tu c'entri qualcosa, credo che faranno tutto il necessario per incastrarti.»

«Non ho fatto niente» le ricordai. Santo cielo, ero stufa di dover ricordare alla gente che non avevo fatto nulla quando accadevano cose losche.

Lei fece un gesto con la mano come se quel piccolo dettaglio non significasse nulla. «Dobbiamo stare attente. Posso andare a New Orleans. Dirò che vado a prendere delle forniture, o a fare un po' di shopping. Conosco un paio di signore laggiù che hanno un negozio specializzato in articoli sull'occulto.»

«Occulto!» dissi inorridita. «Non faremo una cosa del genere.»

«No, no. È solo un posto per raccogliere informazioni. Non è tutta magia nera. Vendono erbe e altri ingredienti usati in incantesimi e pozioni» chiarì lei.

«Conosci queste persone?»

Annuì. «Sì. Non menzionerò il motivo della mia domanda, ma lei comunque non dirà una parola.»

«Quando andrai?»

«Dopo il lavoro?»

Annuii. «Magari riusciamo a farti uscire prima. Vedo se Patty può venire. Voleva comunque fare più ore.»

«Perfetto.»

Il resto della giornata volò via in un turbine di preparazioni. Ero un po' nervosa all'idea che Daphne andasse a indagare. Mi sembrava di violare una specie di codice etico segreto. Se le altre streghe lo avessero scoperto, non sarebbero state entusiaste di sapere che non ci fidavamo di loro. Avevamo visto come avevano reagito all'intromissione degli investigatori del paranormale nei loro affari. Non pensavo che sarebbero state felici di sapere che eravamo dall'interno e sospettose.

«Violet» chiamò Daphne dal bancone.

Il suo tono mi disse che non si trattava di clienti. Qualcosa non andava.

Corsi di là per vedere cosa l'avesse fatta sembrare così preoccupata. «Oh, cavolo» borbottai quando vidi Lila entrare dalla porta.

«Non dirle niente» disse Daphne, senza finire la frase. Non ce n'era bisogno. Sapevo esattamente cosa stava dicendo.

«Cosa ti porta qui?» chiesi, rivolgendo un sorriso a Lila.

«Avevo proprio voglia di uno di quei tuoi deliziosi biscotti» disse lei, con un sorriso.

«Uno solo?» la presi in giro.

«Oh, mi conosci troppo bene. Prendo tre di quelli con le gocce di cioccolato e un caffè.»

«Daphne, puoi pure andare. Chiudo io» dissi, con il sorriso saldamente stampato in faccia.

«Grazie. Devo proprio scappare. Non posso far aspettare l'avvocato» rispose lei, mentendo spudoratamente sul motivo per cui se ne stava andando.

«Oh, cara, hai ancora a che fare con quella brutta faccenda del divorzio?» chiese Lila.

«Sì» dicemmo io e Daphne all'unisono.

Lila si guardò intorno. «Potremmo lanciare un incantesimo e porre fine a tutti i tuoi problemi.»

«No» disse Daphne, un po' troppo in fretta. «Niente incantesimi. Gestirò la cosa per vie legali. Siamo vicini a definire tutti i dettagli. Sono sicura che finirà tutto presto.»

«D'accordo, ma se cambi idea, basta dirlo.»

«Grazie, Lila.»

Lila si sistemò al bancone con i suoi dolcetti, osservandomi lavorare. «Allora, come va?» chiese allegramente.

«Bene» risposi, sperando che il mio tono non tradisse i miei nervi. In quel momento, nel mio stomaco, litigavano un sacco di cose zuccherose.

Santo cielo. Non importava quante volte ci avessero avvertite di fare attenzione con gli incantesimi, sembrava proprio che a loro non dispiacesse lanciarli a vanvera quando ne avevano voglia. Lila portò il caffè e i biscotti a un tavolo. Dando un'occhiata all'orologio, mi resi conto che era quasi l'ora di chiusura. Feci cenno a Daphne di andarsene prima che Lila potesse dire altro.

Mentre pulivo il bancone, mi chiedevo cosa dire a Lila, o se fosse il caso di dire qualcosa. Decisi che la cosa migliore fosse continuare a chiacchierare. Qualsiasi altro atteggiamento sarebbe potuto sembrare sospetto. Non consideravo Lila una nemica, ma ultimamente si stava decisamente comportando in modo un po' strano.

Chiudere un po' prima mi avrebbe dato l'opportunità di scambiare quattro chiacchiere. Forse si sarebbe aperta riguardo all'aconito.

«Siete state sveglie fino a tardi ieri sera?» chiesi, sedendomi al tavolo con la mia tazza di caffè e un muffin ai mirtilli.

Lila sorrise. «Ci conosci, ci mettiamo a chiacchierare e perdiamo la cognizione del tempo. Per fortuna, nessuna di noi deve alzarsi per andare al lavoro. I vantaggi della vecchiaia,» disse facendomi l'occhiolino.

Risi con lei. «Hai avuto notizie da Harold?»

Lei scrollò le spalle. «No, purtroppo no.»

«Intendo riguardo alla fabbrica e alla morte di quell'uomo.»

«Oh. Non che io sappia. Penso che si rivolgerà prima a te o a Virginia. Dopotutto, la fabbrica è vostra.»

Il suo tono suonò quasi minaccioso, come se mi stesse avvertendo che ero io quella che aveva più da perdere se fosse venuto fuori qualcosa dall'indagine sulla morte.

«La mia missione è sigillare quella fabbrica così ermeticamente che nessuno possa più entrarvi.»

«Ho tenuto d'occhio la situazione,» affermò lei.

«Davvero?»

«Sono andata a controllare regolarmente un paio di volte al giorno per assicurarmi che nessuno entrasse.»

«Lila,» iniziai, cercando di capire quale fosse il modo migliore per dirle di stare lontana dall'edificio. «Probabilmente non è una buona idea. Harold ha promesso di fare delle ronde extra, e penso che dovremmo lasciare la cosa nelle mani della legge.»

Lei liquidò la questione con un gesto della mano prima di dare un morso al suo biscotto. «Non ci vado con l'intenzione di affrontare uno degli intrusi. Sto semplicemente tenendo d'occhio la situazione. Ce l'ho un cellulare, cara. Se ci fossero problemi, chiamerei aiuto.»

«Lila, è troppo rischioso. Se fai visite regolari, potrebbe sembrare sospetto.»

«E come?» sbuffò lei.

«Dà l'impressione che tu abbia qualcosa da nascondere,» le dissi il più gentilmente possibile. «La gente, Harold compreso, si chiederà perché sei così preoccupata. Dopotutto, è solo una vecchia fabbrica vuota.»

«Certo che ho qualcosa da nascondere. Tutte noi ce l'abbiamo,» ribatté. «Sono l'unica che sembra rendersene conto, o a cui importa. Dobbiamo proteggere il nostro luogo di riunione.»

Scossi la testa. «No, non è vero. Non dobbiamo incontrarci per forza alla fabbrica. Non capisco perché dobbiamo incontrarci. Possiamo fare le riunioni a casa di una di noi. La fabbrica non vale la vita di nessuno, Lila. Nessuno merita di essere ferito o di morire a causa della propria curiosità.»

«Hai mai sentito il proverbio "la curiosità uccise il gatto"?»

«Lila, ti prego, ti chiedo di stare lontana dalla fabbrica per ora. Lascia che Harold faccia il suo lavoro. Non dobbiamo intralciarlo,» la supplicai.

Lei si strinse nelle spalle, senza aggiungere altro. La cosa mi preoccupò. Lila non era una che nascondeva i propri sentimenti. Amava parlare. Di recente, invece, era diventata ermetica e guardinga.

«Beh, forse è meglio che finisca di chiudere,» dissi, alzandomi e dirigendomi verso il bancone.

Lila prese l'ultimo biscotto dal tavolo e si avviò alla porta. «Sta' attenta, Violet. Non so cosa stia per succedere, ma sento qualcosa nell'aria. Sono sicura che lo senti anche tu. Lo sentiamo tutte. Sta a noi proteggere la nostra congrega.»

Chiusi a chiave la porta alle sue spalle, guardandola salire in auto. Mi fissò per alcuni lunghi istanti prima di accendere il motore e fare retromarcia. Sentivo un senso di presagio, anche se non avrei saputo dire se fosse dovuto semplicemente alle sue

parole o a tutto il resto. Non mi ero allenata abbastanza da foca-
lizzare i miei sensi e non sapevo da dove provenisse quella sensazione di sventura. Qualcosa mi diceva di diffidare di Lila. Odiavo
quella sensazione, ma c'era, e non potevo negarla. Dovevo
fidarmi del mio istinto, e il mio istinto mi diceva di stare attenta.

In fretta, finii di chiudere e tornai a casa. Il profumo di
limoni era intenso nell'aria mentre camminavo dall'auto su per i
gradini del portico. Tornando indietro, girai intorno alla casa e
guardai il vecchio limoneto nel campo sul retro. Proprio come
quando ero più giovane, gli alberi di limone erano rigogliosi di
foglie e frutti. Erano un'esplosione di vita. Non era nemmeno la
stagione giusta, ma d'altronde nessuna delle piante di mia nonna
sembrava seguire le normali regole del giardinaggio.

Fermandomi, feci un respiro profondo, assaporando il
profumo fresco e agrumato. Mentre tornavo verso casa, non
potei fare a meno di chiedermi come fosse possibile. Di certo
non ero io a fare incantesimi alle piante e agli alberi dei dintorni.
Eppure, era come se avessero deciso collettivamente di continuare come prima, anche se mia nonna era scomparsa da tempo.

Chiamai Gabriel dopo aver fatto una doccia per levarmi di
dosso la farina della lunga giornata in cucina. Non volevo stare da
sola e non volevo pensare alla fabbrica, a Lila o alla morte di un
giovane. Volevo sentirmi normale.

Quando bussò alla porta, lo stavo aspettando.

«Ciao,» dissi con un sorriso.

«Ciao a te. Stai bene?»

Annuii. «Starò bene. Ti va bene se rimaniamo a casa stasera?»

Lui sorrise. «Certo che mi va bene.» Sollevò una borsa. «Ho
portato le provviste.»

«Meno male, perché altrimenti saresti costretto a mangiare
panini freddi.»

Lui ridacchiò entrando in cucina. «Lo so. Ti conosco troppo
bene. Preparerò io la cena e tu potrai smettere di preoccuparti.»

«Come facevi a sapere che ero preoccupata?»

Posando la borsa sul bancone, si voltò e mi attirò a sé in un abbraccio. «Hai solo un'aria un po' preoccupata. Con tutto quello che sta succedendo, è normale.»

Appoggiando la testa sulla sua spalla, sospirai. «Le cose sono solo un po' strane in questo momento. Mi sento come se non sapessi di chi fidarmi. Dopo quello che mi hai detto sul rapporto del medico legale, ho dovuto dirlo alle altre. Non è andata bene. Daphne è a New Orleans in questo momento per fare delle ricerche. Non vogliamo che le nostre madri lo sappiano. Ti prego, non dire niente a tua zia.»

«Non lo farò. I tuoi segreti sono al sicuro con me. Tutti quanti. Ora che abbiamo chiarito, possiamo goderci una serata tranquilla?»

Inclinai la testa all'indietro, incrociando i suoi occhi. «Pensavo che non me l'avresti mai chiesto.»

CAPITOLO SETTE

Daphne era ancora a New Orleans. Mi aveva mandato un messaggio piuttosto criptico in giornata, e avevo dovuto trattenere una risata. Era eccessivamente paranoica. O almeno, speravo che fosse paranoia e che non ci fosse un reale motivo di allarme. Per sicurezza e per non farla andare fuori di testa, la mia risposta fu altrettanto criptica.

Dopo aver passato tutta la giornata senza vedere né sentire nessuna delle streghe, non riuscivo a decidere se fosse un bene o un male. Quando non le vedevo, tendevo a preoccuparmi di cosa stessero combinando. Non avevo nemmeno avuto notizie da Harold, il che aumentava il mio senso di inquietudine. Malgrado le mie migliori intenzioni, stavo iniziando a lasciarmi contagiare dalla paranoia di Daphne e mi ero convinta che stesse indagando su di me alle mie spalle. Era sconcertante. A quel punto, sentivo di non potermi fidare di nessuno tranne che di Daphne.

Andai a casa e mi sedetti sul divano in silenzio, meditando sul da farsi. Volevo chiamare mia madre per parlarle dei miei problemi, ma lei ne era il fulcro. Non sapevo a chi fosse più devota: a me o alla congrega.

Alla fine, non sopportando più il silenzio, corsi di sopra e mi cambiai, indossando un paio di jeans scuri e una maglietta nera, per poi infilarmi una felpa scura con il cappuccio. Avevo intenzione di fare qualche indagine per conto mio.

Come previsto, passai in auto davanti alla fabbrica e vidi la macchina di Lila che imboccava la lunga strada sterrata. Proseguii, sperando che non notasse il passaggio della mia auto. Dopo aver percorso la strada, fatto inversione e superato la deviazione per la fabbrica, la sua auto era sparita.

«Immagino che potrebbe occultarla con la magia,» dissi ad alta voce.

Feci di nuovo inversione e passai con i fari spenti. Cercai di dare un'occhiata dietro la fabbrica, dove parcheggiavamo tutte per le riunioni della congrega, ma fu inutile. Era per quello che parcheggiavamo lì dietro. Nessuno poteva vedere le nostre auto dalla strada.

«Fatta trenta, facciamo trentuno,» borbottai.

Continuai a guidare finché non arrivai a una baracca abbandonata. Parcheggiai vicino alla baracca, sperando che nessuno notasse la mia auto, e poi corsi rapidamente indietro verso la fabbrica. Speravo che i miei abiti scuri mi rendessero difficile da vedere. Avvicinandomi silenziosamente al retro della fabbrica, vidi l'auto di Lila. Non si era nemmeno preoccupata di occultarla.

«Ah!» sussurrai nell'oscurità della notte. «Sapevo che eri qui. Anche se ti avevo detto di starne alla larga,» mormorai, tornando verso la parte anteriore dell'edificio.

Usai la mia chiave per entrare dalla porta principale, sapendo che lei avrebbe usato quella posteriore. Aprii lentamente la porta quel tanto che bastava per infilarmi dentro. Una volta dentro, mi schiacciai contro il muro e rimasi in ascolto. Potevo sentire dei movimenti, ma nell'oscurità non capivo da dove provenissero.

Aspettando, trattenni il fiato per paura che Lila potesse sentirmi respirare. Mi rimproverai per essere così ridicola. Era Lila. Non era violenta. Sapevo che non mi avrebbe fatto del male. Giusto? Sentii un rumore e immaginai che Lila si stesse dirigendo verso la stanza segreta della congrega. Seguendo il muro, mi feci strada verso la porta nascosta, rimanendo nell'ombra. Mi rifiutai di ammettere quanto fosse spettrale, ma mi stavo pentendo amaramente della mia decisione di venire da sola. Non avevo molta scelta, però. Non potevo coinvolgere Gabriel in quello che si preannunciava come un altro scandalo.

Un suono attirò la mia attenzione e mi bloccai, con il polso che schizzò alle stelle. Il mio cervello mi ordinava di correre fuori da quella fabbrica il più velocemente possibile, ma ero pietrificata sul posto. Ascoltai attentamente e capii che era la porta della stanza segreta che si apriva. Lila stava parlando con qualcuno. Non era sola. Repressi il panico che mi stava assalendo e rimasi ferma, tremando come una foglia, ma immobile.

«Dobbiamo andare di sopra,» disse Lila a chiunque fosse con lei. «Ho lasciato quella roba lì dentro.»

Si accese il fascio di una torcia, puntato a terra di fronte a Lila. Illuminava a malapena il suo viso e per niente quello della persona con lei. Aspettai che quella persona parlasse per poterla identificare. Stava collaborando con gli investigatori del soprannaturale? Forse stava lavorando con un'altra strega che praticava le arti oscure. Non lo sapevo. Il mio sesto senso stava andando in tilt, lasciandomi una sensazione di fremito interiore.

«Sbrighiamoci. Odio tutto questo agire di nascosto,» disse l'altra voce.

La bocca mi si spalancò e le ginocchia mi diventarono molli mentre il mio cervello registrava la voce. Repressi l'impulso di gridare in segno di protesta.

Era mia madre. Mia madre e Lila stavano cospirando insieme. Avevo avuto ragione a non fidarmi di loro. Aspettai che fossero sulle scale dirette ai piani superiori. Non mossi un muscolo mentre camminavano.

Una volta che furono abbastanza lontane, mi diressi silenziosamente verso la porta che proteggeva la nostra stanza segreta, aprendola ancora una volta solo quanto bastava per infilarmi di lato. Feci del mio meglio per scendere le scale in punta di piedi. Non osai accendere la luce. Non sarebbero state in grado di vederla, ma temevo che potessero percepire la mia presenza. Sapevo di essere ridicola, ma non ero un'esperta nell'arte di muoversi furtivamente. Chiaramente, non era un vizio di famiglia.

Guardandomi intorno nella stanza, cercai indizi su cosa avessero fatto. Niente sembrava fuori posto. Il raggio della mia torcia danzava per la stanza. C'era una scatola sul bancone, ma era vuota. Non c'erano molti indizi su cui lavorare. Cosa mai potevano volere di sopra? Non avevo aspettato abbastanza da vedere dove stessero andando.

Un ricordo mi balenò in mente. Gli uffici al quarto piano erano dove avevo trovato i nastri della sicurezza. Era dove gli investigatori avevano stabilito il loro piccolo quartier generale. Doveva essere quello. Stavano facendo proprio quello: cercare indizi.

Sorrisi nella stanza buia e risi del mio comportamento ridicolo. Avevo tratto conclusioni affrettate, ma loro stavano facendo esattamente quello che avrei fatto io. Quello che, a dire il vero, avevo già fatto. Mi chiesi se qualcuna delle telecamere fosse ancora al suo posto. Sarebbe stato tutto più facile se avessi potuto semplicemente inserire una cassetta e scoprire cosa fosse successo.

«Non troverai niente», mi dissi, scuotendo la testa.

Un rumore al piano di sopra mi fece trasalire. Corsi in un angolo della stanza e mi nascosi dietro una delle grandi poltrone imbottite. Non sapevo perché mi fossi nascosta. Sentivo semplicemente che dovevo farlo. Avevo appena trovato il mio nascondiglio quando mia madre e Lila entrarono nella stanza. Ero troppo spaventata per sbirciare da dietro la poltrona per vedere cosa stessero facendo. Anche se dubitavo che si sarebbero arrabbiate più di tanto nel trovarmi lì, mi sentivo una stupida per essermi nascosta. Preferivo essere l'unica a sapere di essermi comportata da idiota.

Sistemandomi dietro la poltrona, sperai che non si trattenessero troppo a lungo. Stavano chiacchierando, così sbirciai rapidamente per vedere cosa stessero facendo e le vidi frugare nelle credenze. Mi sforzai per sentire quello che dicevano, ma riuscii a cogliere solo frammenti di conversazione.

«È sul retro», disse mia madre a bassa voce. «Assicurati di rimettere tutto a posto com'era».

«Io prendo il resto dall'altra credenza», rispose Lila.

«Dobbiamo svuotare quello sgabuzzino», sussurrò mia madre.

Mi spostai con cautela di un millimetro e guardai mia madre scomparire nel buio. La sua torcia si accese, proiettando il suo raggio in una grande dispensa. Non ricordavo di averla mai vista in passato. Certo, non ricordavo di aver mai guardato oltre i pochi divani e poltrone della stanza. Mi chiesi per un attimo se fosse stata nascosta a me e Daphne con un altro incantesimo. Forse le streghe più anziane non si fidavano di farci conoscere tutti i loro segreti. Quel pensiero mi scatenò un'ondata di rabbia. Ero già stata indagata una volta per un crimine con cui non avevo niente a che fare. Se avessi scoperto che mia madre e le sue amiche stavano nascondendo qualcosa che poteva essere usato come prova contro di me, sarei andata su tutte le furie.

Osservando e aspettando, sperai che dicessero qualcosa che le scagionasse. Non volevo pensare al peggio, ma il loro comportamento non le aiutava.

«Andiamo», disse Lila. Vidi che aveva una scatola in mano, ma non avevo idea di cosa ci fosse dentro.

Mia madre apparve nella luce portando anche lei una scatola e insieme salirono le scale. Aspettai di sentire la porta chiudersi prima di seguirle di sopra. Spingendo delicatamente la porta, mi misi in ascolto e sentii le loro voci spostarsi attraverso la fabbrica.

Rimanendo nell'ombra, tenni gli occhi fissi sulla torcia che apriva loro la strada. Le osservai mentre iniziavano a salire le scale. Come sospettavo, andarono al quarto piano. Scesi rapidamente le scale, tornai nella nostra stanza segreta e mi nascosi nel caso fossero tornate giù.

Aspettai per quella che mi sembrò un'eternità. Quando finalmente decisi che dovevano essere andate via da un pezzo, lasciai il mio nascondiglio dietro la poltrona nella nostra stanza segreta.

«Okay, signore, cosa stavate cercando?», dissi, accendendo le luci della stanza.

A quel punto, non temevo di essere scoperta. Se fossero tornate, avrei detto loro che stavo controllando per assicurarmi che fosse tutto a posto. Aprii le credenze e guardai dentro. Niente mi sembrò particolarmente interessante. C'erano barattoli di spezie ed erbe. Sembravano esserci delle pozioni, per metà vuote in vecchie bottiglie d'ambra. Immaginai che le bottiglie fossero state sugli scaffali per decenni. C'era uno spesso strato di polvere sulla maggior parte di esse.

Un altro ripiano conteneva una varietà di barattoli e bottiglie vuote. Tornai nella zona cucina e iniziai ad aprire le credenze solo per trovare altre erbe e spezie. Niente urlava veleno, ma d'altra parte non sapevo cosa stessi cercando.

Forse era quello il punto. Forse era così che Harry era stato avvelenato. Non sapeva cosa stava maneggiando. Le bottiglie potevano avere l'etichetta sbagliata, intenzionalmente o per errore.

«Cosa sta succedendo?», sussurrai nell'oscurità.

Dopo aver perquisito ogni credenza e scaffale della stanza, mi assicurai di non lasciare traccia della mia presenza. Feci per lasciare l'edificio, ma mi fermai. Dovevo vedere cosa c'era al quarto piano. Rapidamente, mi arrampicai su per le scale e mi ritrovai dove ero stata tanti mesi prima.

Controllai ogni ufficio lassù e non trovai nulla.

Facendo un respiro profondo, scossi lentamente la testa. Avevo sperato di trovare qualcosa, qualunque cosa. Eppure, tutto ciò che avevo scoperto era che, a quanto pare, mia madre e Lila stavano facendo le loro indagini di nascosto. Con un sospiro, scesi al piano di sotto. La camminata al buio fino alla mia auto fu snervante.

Era troppo tardi per chiamare Daphne, quindi avrei dovuto aspettare fino a domani. Speravo che fosse tornata dal suo viaggio. Per ora, ero da sola. Quando arrivai a casa, accesi gli abbaglianti, illuminando l'intero cortile. Non sapevo cosa stessi cercando, ma non volevo correre il rischio che qualcuno mi sorprendesse. Daphne non era l'unica ad avere paura della propria ombra.

CAPITOLO OTTO

Era stata una notte lunga e non avevo quasi chiuso occhio. Il mio cervello non smetteva di arrovellarsi, immaginando ogni sorta di scenario. Non ero felice di aver scoperto che mia madre stava complottando con Lila su qualcosa, col favore della notte e alle mie spalle. Odiavo il fatto di averle dovute spiare. Non sapevo cosa stessero facendo, ma se fosse stato tutto in regola, perché avrebbero avuto bisogno di farlo a tarda notte? Sarebbe bastato informare tutti noi. E poi, dopotutto, l'edificio era mio.

Il telefono squillò, strappandomi alle mie riflessioni. Guardando lo schermo con gli occhi annebbiati, vidi che era Daphne. «Ciao!» dissi, sollevata di sentire la sua voce.

«Ehi. Oh, hai una voce terribile. Hai fatto le ore piccole ieri sera?»

«Si potrebbe dire di sì. Sei tornata?» chiesi, girandomi per controllare la sveglia. Erano quasi le cinque del mattino e dovevo darmi una mossa, o non ci sarebbero stati muffin freschi al forno per la ressa mattutina.

«Sono tornata, e ho una piccola sorpresa» disse, misteriosa.

«Ma non puoi dirmelo al telefono, vero?» borbottai.

«Esatto. Alzati e muovi il sedere per andare al lavoro. Ti

raggiungo lì» disse, con molto più entusiasmo di quanto ne avessi io.

«Va bene, ma ti avverto, non sarò un bello spettacolo. Mi nasconderò in cucina tutto il giorno.»

«Lo fai sempre» disse lei con una risata.

Riuscii a trovare l'energia per fare una doccia e andare al lavoro. Avevo inserito il pilota automatico. Daphne mi accolse con una tazza di caffè, che trangugiai prima di riempirla di nuovo. Il mio cervello era in pappa.

Mi diressi in cucina e iniziai la mia solita routine, accendendo i forni ed estraendo gli ingredienti, mentre Daphne preparava il locale per l'orario di apertura. Non passò molto tempo prima che tornasse in cucina per cercare di aiutarmi.

«Sembri uno zombi» scherzò.

«Non dirlo troppo forte o quei piccoli investigatori piomberanno qui in un batter d'occhio per esaminarmi e scrutarmi.»

Lei ridacchiò. «Cosa hai fatto ieri sera per ridurti così, uhm...»

«Spionaggio» la interruppi con un sospiro.

«Davvero?»

«Sì. E tu invece? Cosa devi dirmi?»

Daphne si guardò intorno nella cucina vuota prima di chinarsi verso di me e sussurrare. «Ho preso un libro.»

Alzai gli occhi al cielo. «Alleluia.»

«No, un *libro*» ripeté, allungando l'ultima parola.

«Daphne, a meno che quel libro non sappia ballare o far sparire magicamente tutto questo, non ne capisco l'importanza.»

Scuotendo la testa, mi lanciò un'occhiata tra l'irritato e il disgustato. «Non voglio entrare nei dettagli qui, ma ti spiegherò più tardi. Diciamo solo che contiene un sacco di informazioni. Informazioni che possono aiutarci.»

Non ero convinta quanto lei, ma avrei sicuramente tenuto per me la mia opinione, per ora. «Okay. Aspetterò.»

«Allora dimmi, cosa stavi spiando?»

«Non cosa, chi.»

«Chi?»

«Lila...» alzai lo sguardo dall'impasto che stavo mescolando. «...e mia madre.»

Rimase a bocca aperta. «Cosa?»

Annuii. «Alla fabbrica, ieri sera. Stavano tramando qualcosa. Avevano entrambe una scatola quando se ne sono andate. Non ho idea di cosa ci fosse dentro, ma sono andate lì a cercare qualcosa, Daphne» dissi con la massima serietà. «Credo che stessero cercando di nascondere qualcosa.»

«Tipo cosa?» chiese lei.

«Prove.»

I suoi occhi quasi le uscirono dalle orbite. «Impossibile. Non tua madre. Lila può essere un po' losca, ma tua madre assolutamente no.»

Scossi la testa. «Non lo so, Daphne. C'è qualcosa che non mi quadra affatto in tutta questa faccenda.»

«Beh, lo scopriremo, quindi cerca di non stressarti troppo. Senti, vado di là ad aprire, okay?»

Annuii e tornai al lavoro, persa nei miei pensieri. Speravo davvero che mia madre fosse innocente. Speravo lo fossero tutti, ma doveva esserci qualcosa da nascondere. Era l'unica spiegazione per il loro comportamento della notte prima. Stavano nascondendo qualcosa che sapevano potersi ritorcere contro di loro. Dovevo sapere di cosa si trattava. Non potevo e non volevo proteggerle se avevano fatto del male a qualcuno. Nessun segreto valeva la vita di una persona. Non mi importava se avesse significato non poter mai più praticare la stregoneria. Non ci tenevo più di tanto. Avevo vissuto tutta la mia vita benissimo anche senza. Anzi, era stata proprio la conoscenza delle mie origini ad aver causato tutti i problemi con cui avevamo avuto a che fare negli ultimi sei mesi.

«Perché stai proteggendo qualcosa che non vuoi nemmeno?» chiesi ad alta voce, come se la cucina potesse rispondermi.

Ero stata così immersa nel mio lavoro e nei miei pensieri che non mi ero resa conto di quanto tempo fosse passato, finché Daphne non fece capolino in cucina qualche tempo dopo.

«Ehi» sibilò.

«Cosa?»

«C'è tua madre di là. Vuole parlarti.»

«Sono occupata.»

«Violet, capirà che c'è qualcosa che non va se non le parli.»

«E va bene» brontolai, togliendomi il grembiule e gettandolo sul bancone.

Mia madre non era seduta a un tavolo. Anzi, sembrava che avesse una certa fretta.

«Che c'è, mamma?»

«Oh, cara Violet. Sembri aver bisogno di un po' di riposo. Non dormi bene?»

Avrei voluto dirle perché ero stanca, ma mi morsi la lingua. «Sto bene. Stai andando da qualche parte?» chiesi.

Lei annuì. «Sto facendo un salto a New Orleans per la giornata. Tornerò stasera, spero. Volevo solo fartelo sapere, nel caso mi cercassi.»

«Perché vai lassù?» chiesi, mentre il sospetto cresceva dentro di me.

«Solo per qualche commissione» disse lei con un tono disinvolto.

Mmm. Mia madre faceva tutte le sue spese a Ruby Red, o qui. Odiava la città e lasciava raramente il paese. C'era decisamente qualcosa sotto.

«Va tutto bene?» chiesi a bassa voce, per non sembrare troppo preoccupata.

«Va tutto bene, cara. Io e Lila vogliamo solo fare un po' di shopping. È una giornata splendida. Una piccola gita fuori porta è proprio quello che mi ci vuole» disse lei con un sorriso smagliante.

«Va bene. Allora divertitevi. Chiamami se non tornate a casa per stanotte» le dissi.

Fece un cenno con la mano e uscì dalla porta. Mi girai a guardare Daphne, sapendo che aveva sentito la conversazione.

«Okay, avevi ragione. Sta decisamente tramando qualcosa. Sia lei che Lila» sussurrò Daphne.

«Te l'avevo detto.»

«Cosa hai intenzione di fare?»

«Non lo so. Potrei chiederglielo, ma ho la sensazione che mi mentirebbe e basta» dissi.

Tornai in cucina, con la frustrazione che mi ribolliva dentro. Mentre continuavo a impastare, mi venne in mente che, con mia madre fuori dai piedi, forse avrei potuto ficcanasare un po' per conto mio.

«Daphne!» la chiamai, precipitandomi sul davanti.

«Cosa? Che succede?» chiese, guardandosi intorno.

«Devo assentarmi per un po'.»

«Perché? Stai male? Non hai una bella cera.»

Scossi la testa. «Sto bene. Approfitterò dell'assenza di mia madre per dare un'occhiata a casa sua.»

«Oh, ottima idea. Quando?»

«Adesso» dissi con un sorriso. «Preferisco farlo di giorno. Pedinare la gente di notte è un po' troppo inquietante per i miei gusti.»

«Fallo pure. Copro io qui e se qualcuno passa a cercarti, gli dirò che sei dovuta correre a casa per una cosa. Buona fortuna, e Violet... sta' attenta.»

«Lo farò» dissi, correndo in cucina a prendere la borsa.

Guidai fino a casa di mia madre, parcheggiai nel vialetto ed entrai con la mia chiave. Se qualcuno avesse visto la mia macchina, non ci avrebbe pensato due volte. Dopotutto era la casa di mia madre, e ogni tanto passavo a trovarla.

Entrai e trovai subito la scatola che aveva preso dalla fabbrica. Guardai dentro e trovai dei barattoli. Alcuni erano vuoti, altri contenevano liquidi di vario tipo. Un barattolo conteneva quello che sembrava quasi un unguento. Non osai toccare nulla.

Diedi una rapida occhiata in casa e non trovai nient'altro

fuori posto. Non volendo sfidare la sorte, me ne andai e tornai al forno.

«Allora?» chiese Daphne, entrando in cucina dietro di me.

Scossi la testa. «Non lo so. La scatola che le ho visto prendere dalla fabbrica ieri sera conteneva un mucchio di barattoli vuoti con etichette sbiadite. Un paio di barattoli avevano del liquido dentro e un altro una specie di unguento o qualcosa del genere. Non li ho toccati.»

Lei annuì. «Dobbiamo esaminare quel libro. Più tardi. Quando non siamo qui.»

«Loro sanno più di quello che dicono. Per quale altro motivo avrebbero preso quei barattoli?»

Daphne rabbrividì visibilmente. «Non lo so, e non sono sicura di volerlo sapere.»

Scomparve sul davanti, lasciandomi di nuovo sola con i miei pensieri. Caricai un vassoio di biscotti appena sfornati e mi diressi verso il negozio. Mi bloccai quando vidi George alla cassa, che parlava con Daphne.

«Ciao, Violet» disse lui, come se fossimo vecchi amici.

«Ciao, George» dissi io, cercando di essere educata.

«Come va?» chiese lui.

«Bene.»

«Sono sicuro che ha saputo del mio giovane protetto. Un vero peccato. Non posso credere che sia morto così all'improvviso» borbottò.

«È molto triste. La prego di porgere le mie condoglianze alla sua famiglia.»

Lui annuì. Capivo che voleva dire di più. Mi preparai a quella che sentivo sarebbe stata una conversazione irritante o imbarazzante.

«Harold ha iniziato le sue indagini?» chiese.

«Quali indagini?» chiesi io, decidendo di fare la vaga.

«So che hanno fatto eseguire un'autopsia su Harry dal medico legale dello stato, e ci sono stati dei risultati preoccupanti» si offrì di dire.

Feci spallucce. «Non ne avevo sentito parlare» mentii, non intendendo fare il suo gioco.

«Mmm, strano, ho sentito che Harold sta di nuovo indagando sulla fabbrica.»

«Non ne so nulla. Come va il suo show, George?» ribattei, facendogli capire che sapevo che stava ancora ficcando il naso nei miei affari.

«Sta andando molto bene. Stiamo facendo delle ricerche e ci stiamo preparando a girare.»

«Davvero? Ricerche?» chiesi, inarcando un sopracciglio.

«Sì, ricerche, parlare con la gente del paese, quel genere di cose» rispose vagamente, anche se si mosse sui piedi, con un'espressione di disagio che gli passò sul volto.

Bene, doveva sentirsi a disagio. Quell'uomo aveva preso l'abitudine di entrare illegalmente nella mia proprietà. Annuii semplicemente. Non ammise di essere stato nella fabbrica, il che era sciocco. Sapevamo entrambi che c'era stato. Lo aveva ammesso alla polizia. Pensava davvero che non me l'avrebbero detto?

«Beh, spero che trovi quello che cerca. Cosa succede se non trova niente? Inventate qualcosa?» chiesi, fingendo un interesse genuino, ma entrambi sapevamo a cosa mi riferivo.

«Siamo orgogliosi di scoprire vere infestazioni soprannaturali e altri eventi. Non inventiamo mai nulla. Penserei che Lei creda nel mondo soprannaturale.»

«Perché dovrebbe pensarlo?» chiesi, sfidandolo a dire ciò che aveva in mente.

Fece un sorrisetto. «Crescendo in questa città, avrà sicuramente sentito le storie sulle streghe che vivevano qui. La sua famiglia è una delle famiglie fondatrici di Lemon Bliss, non è vero?»

Mi rifiutai di lasciarmi provocare. Se mi avesse fatto innervosire, avrebbe vinto lui. Mi sarei lasciata sfuggire qualcosa che avrebbe usato contro di me. Contai mentalmente fino a tre prima di sorridergli.

«Sì, mia nonna ha fondato la fabbrica di tè al limone, da cui il nome. Siamo tutti molto orgogliosi delle nostre origini. È bello avere delle radici.»

Annuì lentamente con la testa. «Forse ci lascerà intervistarla per il nostro show. Mi piacerebbe molto sentire alcune delle vecchie storie che sono sicuro siano state tramandate di generazione in generazione.»

Ridacchiando, risposi: «Mi dispiace, non partecipo a reality show di serie D, ma grazie per avermelo chiesto.»

Rimase a bocca aperta, mentre io mi giravo e tornavo in cucina, lasciandolo lì a fissarmi. Sentii Daphne ridacchiare mentre le passavo accanto.

Non ero in vena di sopportarlo. Stava mentendo spudoratamente, proprio come tutti gli altri in città. Ero più che stanca di avere a che fare con questa situazione.

CAPITOLO NOVE

Io e Daphne avevamo deciso di andare a prendere un caffè dopo la chiusura del forno per parlare del libro che aveva preso a New Orleans. Sono arrivata alla caffetteria prima di lei e sono stata contenta di trovarla quasi vuota. Questo significava che avremmo avuto un po' di privacy. Dopo aver ordinato il caffè per tutte e due, ho preso anche un paio di panini. Ero nauseata dai dolci e avevo bisogno di proteine. Con le nostre ordinazioni in mano, mi sono seduta al mio tavolo preferito, nell'angolo in fondo, e ho aspettato Daphne.

«Ciao» dissi, guardando l'enorme borsa che portava. «Cos'è quella?»

«È la borsa del portatile.»

«Ti sei portata il portatile?» domandai confusa.

«No, ci sto nascondendo il libro. Non volevo andare in giro per la città sfoggiando un libro su antichi incantesimi e rituali, specialmente con tutto quello che sta succedendo. Sul serio, non sei stata attenta?»

Risi. «Ho fatto attenzione al fatto che stai un po' impazzendo. Stai alimentando la tua stessa paranoia. Nessuno si metterà a fissare il tuo libro.»

«Non è paranoia se è la verità» ribatté lei.

«Ok, ok, fammi vedere cosa hai trovato.»

Lei si guardò intorno nella caffetteria prima di estrarre il grosso libro dalla borsa. Lo posò sul tavolo e poi mise la borsa sul bordo per nasconderlo un po'. Mi trattenni dal ridere.

«Dovremmo proprio fare queste cose a casa tua o mia. Non posso credere di aver tirato fuori questa cosa all'aperto» sibilò.

«Rilassati. Comunque non c'è nessuno, e anche se ci fosse, nessuno farebbe caso a un vecchio libro. Comportati normalmente. Mangia il tuo panino e fai finta di essere a cena fuori con un'amica.»

Alzando gli occhi al cielo, lei prese un sorso del suo caffè. Mi sporsi e aprii il libro. «Ok, dimmi cosa sto guardando.»

«Aconito» disse lei, sfogliando un paio di pagine del libro. «Guarda.»

Lessi la voce sull'aconito e i suoi numerosi usi in vari incantesimi, oltre a come le streghe ne ricavassero pozioni curative e unguenti per una vasta gamma di disturbi. Sembrava essere una pianta piuttosto innocua.

«Non vedo come possa essere la causa della morte» dissi, alzando lo sguardo verso Daphne.

«Continua a leggere» ordinò.

Tornai a leggere e all'improvviso mi sentii male. «Oh mio Dio» mormorai. «Viene assorbito attraverso la pelle?»

Lei annuì. «Sì, continua a leggere.»

«Vomito, diarrea e sensazione di formicolio agli arti» lessi ad alta voce, sentendomi lo stomaco attorcigliare in un nodo. «Si sarebbe sentito stordito. Oh mio Dio, dev'essere stato così spaventato. Perché non è andato in ospedale?»

«Non lo so.»

«Forse è stata la confusione causata dal veleno. Respiro corto e poi praticamente un infarto. Che cosa orribile» borbottai. «Oh, mi dispiace così tanto per lui. Doveva essere solo. Qualcuno non si sarebbe accorto che faticava a respirare?»

«Può succedere abbastanza in fretta. Magari stava dormendo

e non si è più svegliato. Non conosciamo nessun dettaglio» spiegò lei.

«Spero che per lui sia stato rapido e indolore.»

Leggere gli effetti del veleno mi aveva fatto passare l'appetito. Non riuscivo a immaginare mia madre che lavorava con quella roba senza mai toccarla per sbaglio.

Quando entrarono alcuni clienti, Daphne si allungò sul tavolo. «Mettilo via» sussurrò, tirando via il libro e facendolo scivolare nella borsa con un unico, rapido gesto.

«Che stai facendo?» chiesi a bassa voce. Non avevo finito di leggere.

«Guarda» sibilò.

Alzando lo sguardo, vidi Lila e Harold che entravano nella caffetteria.

«Oh.»

«Già, oh. Non voglio che Lila sappia che stiamo indagando. Lo dirà a mia madre e quello è un vespaio che non voglio stuzzicare.»

«Stanno insieme?» chiesi, ignorando la sua preoccupazione di essere scoperta.

Daphne si girò a guardare e sorrise. «Sembrerebbe proprio di sì. Pensi che gli abbia fatto un altro incantesimo?»

«Non lo so. Aveva detto che non l'avrebbe fatto. Non si comporta come se fosse sotto un incantesimo.» Ripensai alla nostra conversazione. In realtà ero stata io a dire a Lila di lanciare un altro incantesimo d'amore. Lei aveva detto di no, ma forse aveva cambiato idea.

Li osservammo per qualche altro secondo prima che si girassero e ci sorprendessero a fissarli. Lila sorrise e ci salutò con la mano prima di afferrare quella di Harold e trascinarlo verso di noi.

«Ciao, ragazze. Che ci fate qui? Non avete il vostro caffè?» chiese Lila con la sua solita allegria.

«Sì, ma lì dobbiamo servirci da sole. Qui, siamo noi le clienti. E poi, il forno è chiuso» fece notare Daphne.

Harold sembrava a disagio, in piedi accanto al tavolo.

«Salve, Harold» dissi con un sorriso. Mi piaceva che fosse a disagio. Di solito era lui a far sentire così me. Volevo godermi il momento, per quanto breve potesse essere.

«Siete qui per un caffè?» domandai.

Lila era raggiante. «Sì. Questo è il nostro primo appuntamento ufficiale per un caffè.»

«Ora, Lila, non c'è bisogno di mettere in giro voci» disse Harold.

Gli diede un colpetto sulla spalla. «Lo è. Non negarlo. Sarà meglio che vi lasciamo alle vostre bevande. Harold ha poco tempo e voglio passare ogni singolo minuto con lui» disse Lila con un occhiolino.

«Divertitevi» dissi, salutandoli con un cenno della mano mentre si giravano e si allontanavano.

Daphne aspettò che fossero arrivati al bancone prima di chinarsi sul tavolo. «Un incantesimo?»

Arricciai il naso. «Non saprei. Semmai, era lei a essere cotta di lui, non il contrario. Lui sembrava un po' imbarazzato.»

Lei rise. «Forse è stato Harold a stregarla. La sta usando per ottenere informazioni per la sua indagine. Oppure, forse sta lavorando con gli investigatori del soprannaturale e sperano che Lila si innamori di Harold e vuoti il sacco! Magari hanno trovato un incantesimo e hanno capito come usare la magia.»

Alzai gli occhi al cielo. «In questa fantasia che ti sei fatta, Harold è una strega, uno stregone o qualcos'altro?»

Lei si strinse nelle spalle. «Non si può mai sapere con certezza, no?»

«Io credo di sì. Harold è la persona meno magica che conosca.»

Lei ridacchiò e tirò fuori di nuovo il libro. «Allora, pensi che abbiano usato l'aconito?»

Scossi la testa. «Non lo so. Le nostre mamme forse no, ma magari è quello che c'è nei barattoli. Nel libro c'era scritto che anticamente veniva usato come insetticida per le mosche. Non mi sorprenderebbe se preferissero i vecchi metodi alle più moderne strisce acchiappamosche.»

Daphne annuì. «Ed è per questo che Lila e tua madre stavano pulendo i barattoli. Non volevano che lo sapessimo e hanno pensato di potersi sbarazzare di quella roba prima che facessimo troppe domande. Secondo te cosa ne faranno?»

«Non ne ho idea. Perché non ci hanno semplicemente detto che sapevano che c'era dell'aconito in fabbrica? Il fatto che lo tengano segreto mi rende sospettosa. Se quella roba è vecchia ed è lì da anni, avrebbero potuto semplicemente dircelo» feci notare.

«Guarda qui» disse Daphne, indicando la pagina che includeva l'immagine della pianta da cui si ricava l'aconito. «Dice che bisogna indossare i guanti per raccoglierla. È un po' spaventoso. Non credo che raccoglierei un fiore che potrebbe uccidermi semplicemente toccandolo.»

«Non avevo idea che fosse così velenoso. Guarda quel fiore. Ti sembra familiare?»

Daphne rise. «Non ho il pollice verde. Per me i fiori sono tutti uguali.»

«Dobbiamo controllare se quella pianta cresce tra i fiori di mia nonna!»

I suoi occhi si spalancarono quando la consapevolezza la colpì. «Oh no! Pensi che la coltivassero e la raccogliessero davvero? Potrebbero esserci altri barattoli pieni di quella roba in giro per la fabbrica.»

«Dobbiamo controllare i fiori a casa di tutte» dissi. «Sappiamo che coltivano da sé molte delle loro erbe per incantesimi e pozioni.»

«Violet, se l'abbiamo capito noi, non ci vorrà molto perché ci arrivi anche la polizia. E se si mettessero a cercare la pianta e la trovassero? E se perquisissero la fabbrica?» chiese, con un tono che si fece stridulo.

«Rilassati. Potrebbe essere un bene che stiano pulendo quei barattoli. Domani cercheremo la pianta. Sarebbe un bel volo di fantasia da parte loro supporre che una di noi abbia avuto a che fare con l'avvelenamento. Inoltre, c'è sempre la possibilità che Harry ce l'avesse a casa sua, o forse ce l'ha persino George. Non credo che dobbiamo farci prendere dal panico per ora» la rassicurai.

Non sembrava molto convinta, ma non ebbe modo di aggiungere altro perché all'improvviso Lila ricomparve al nostro tavolo. Trascinò una sedia in più e si sedette. Daphne infilò rapidamente il libro nella borsa del portatile e la posò per terra accanto a sé.

«Harold è dovuto tornare al lavoro» disse lei, con lo sguardo che guizzò verso la borsa del portatile per terra, vicino alla sedia di Daphne. «Cos'è quello?»

«Il mio portatile. Avremmo dovuto fare una cena di lavoro, ma possiamo preoccuparci di numeri e pianificazioni domani» disse Daphne con disinvoltura.

«Oh, bene. Dovete prendervi una pausa. Vi sfinirete se lavorate sempre. Godetevi un po' il vostro successo.»

Annuii in segno di assenso. «Harold lavora fino a tardi oggi. Non fa quasi mai così tardi, vero?» chiesi, cercando di scoprire cosa sapesse.

«Sta lavorando a una grossa indagine» disse lei con un sorriso.

«Su di noi? Sulla fabbrica?» chiesi.

«Non lo so. Non me l'ha detto. Non ho fatto troppe domande e non voglio sembrare troppo sfacciata» spiegò.

«Secondo me sta indagando sulla fabbrica» affermai, per sondare la sua reazione.

«Pensi?» chiese lei, con nonchalance. «Cosa te lo fa pensare?»

«Perché indaga sempre sulla fabbrica, e poi mi ci ha portata l'altro giorno» le ricordai.

«Oh, quello.» Liquidò le mie parole con un gesto della mano. «È solo prudente. Non lasciare che Harold ti preoccupi. Ho la situazione sotto controllo.»

Io e Daphne ci scambiammo un'occhiata.

«Cosa significa?» chiese Daphne. «Hai fatto un altro incantesimo d'amore?»

«No!» rispose prontamente Lila. «Tengo d'occhio la fabbrica. Nessuno entrerà lì senza che io lo sappia.»

Quasi mi strozzai con il mio sorso di caffè. «Cosa?»

Non che non sapessi che era stata là. Diamine, l'avevo spiata di nascosto insieme a mia madre, ma mi preoccupava che ci andasse troppo spesso.

«Sto facendo delle visite regolari laggiù. Nessuno si aggirerà di soppiatto da quelle parti. Se becco quell'uomo vicino alla fabbrica, gliela farò pagare» avvertì.

«Lila, davvero, ne abbiamo parlato. Lascia che sia Harold a occuparsene. Potrebbe essere pericoloso. Non c'è niente da trovare o da rubare per nessuno» sottolineai.

Lei si strinse in una spalla, senza sbilanciarsi. Questo mi preoccupò più di ogni altra cosa. Sembrava che forse Lila, più di chiunque altro, avesse qualcosa da nascondere.

CAPITOLO DIECI

Mi sfilai le scarpe e mi appoggiai allo schienale del divano. La testa continuava a girarmi. Non sapevo se avere paura di Lila, o *per* lei. La conoscevo da tutta la vita. Non riuscivo a immaginarla fare qualcosa che potesse mettere in pericolo qualcuno, ma questo era prima di scoprire che fosse una strega. C'era la possibilità che in Lila ci fosse molto di più di quanto avessi mai pensato.

Avrei voluto poter parlare con mia madre. Non potevo credere che fosse davvero coinvolta in qualcosa di malvagio o maligno, ma dovevo ammettere a me stessa che era una possibilità.

Un colpo alla porta mi fece trasalire. Il cuore prese a battermi all'impazzata e deglutii per sciogliere il nodo che avevo in gola. Feci qualche respiro profondo, poi mi alzai per guardare fuori dalla finestra. Quasi crollai a terra per il sollievo quando vidi Gabriel sotto la luce del portico.

«Ehi!» dissi, aprendo la porta di scatto. «Non ti aspettavo.»

Lui sorrise ed entrò. «Bene. Speravo di farti una sorpresa.»

«Ci sei riuscito.»

Chiusi la porta a chiave dietro di lui, un'abitudine che avevo preso solo negli ultimi due mesi. Quando mi ero trasferita a

Lemon Bliss, mi ero sentita completamente al sicuro. Quella sensazione era svanita dopo essere stata attaccata proprio nel mio giardino. Certo, era stato tutto un malinteso, ma mi aveva comunque lasciata ansiosa e diffidente.

«Sei impegnata?» mi chiese.

«No. Sto solo cercando di staccare la spina e rilassarmi.»

Indicandogli il divano, lo seguii e mi sedetti di sbieco rispetto a lui.

Lui andò dritto al punto. «Ok, cosa c'è che non va? Sembri preoccupata.»

«Vuoi una birra fredda?»

«Uh-oh. Così male?»

Sospirai. «Sì.»

«Allora sì, per favore.»

Andai in cucina e presi due birre fredde dal frigo prima di tornare in soggiorno.

Lasciandomi cadere sul divano accanto a lui, gli porsi una birra. Lui mi cinse le spalle con un braccio e mi tirò a sé. «Dimmi cosa succede.»

«Tu e George siete ancora in buoni rapporti?» gli chiesi.

Lui sbuffò. «Non proprio. Da quando l'ho accusato di rubare reperti dal museo, non direi che siamo stati amichevoli. L'ho visto in giro per la città un paio di volte e, sebbene non si sia mai dato la pena di essere sgarbato, non è stato cordiale, e nemmeno io. Perché?»

«Ho bisogno di sapere dove Harry ha preso quel veleno. Devo sapere se era nella fabbrica, o se si sono aggirati intorno ad altri covi di streghe.»

Lui rise. «Non sapevo che le streghe avessero dei covi. È tipo una tana?» mi prese in giro.

«Gabriel, è una cosa seria. Non puoi provare a fare pace con lui?»

«Perché dovrei volerlo? A te non piace, e di conseguenza non piace neanche a me.»

«Non ho bisogno che diventiate pappa e ciccia» dissi seccamente. «Ho solo bisogno che tu scopra cosa sta facendo in città.»

«Ok, ok. Ci proverò. Posso invitare lui e i suoi amici investigatori del soprannaturale per un barbecue. Può bastare?» chiese.

«Mi sembra un piano.»

Ci appoggiammo allo schienale, bevendo entrambi la nostra birra in silenzio. Capivo che voleva dire qualcosa.

«Dimmi cosa ti passa per la testa. Pensi che io sia pazza, vero?»

Lui strinse le spalle. «Non so se pazza, ma ti preoccupi molto.»

«Ehi. Sto solo cercando di aiutarti a fare amicizia.»

«Sì, certo. Sei solo ficcanaso e vuoi che ti aiuti a curiosare in giro.»

Presi una lunga sorsata dalla mia birra. «In realtà, sono George e i suoi amici i ficcanaso. Sono loro che continuano a fare irruzione nella mia fabbrica» dissi, con aria altezzosa.

«Ok, questa te la concedo. Se George e i suoi amici hanno davvero fatto irruzione nella fabbrica, hai il diritto di sapere cosa hanno trovato, o speravano di trovare. La mia ipotesi è che stessero solo pescando nel buio, sperando di trovare qualcosa a cui appigliarsi. George vuole farsi un nome nel mondo del soprannaturale. Se riesce a trovare anche solo un piccolo pezzo di ciò che considera una prova del soprannaturale, ha vinto» spiegò Gabriel.

«Lo so e lo capisco. Non lo biasimo per averci provato. Di certo non posso avercela con lui perché crede nel soprannaturale, ma non nella mia fabbrica. Non può sapere del mio mondo soprannaturale. Ci sono un sacco di altre persone là fuori che ostentano i loro poteri. Perché non se la prende con loro?» mi lamentai.

«Perché sono troppo facili. La gente sa già di loro. Lemon Bliss è intrigante perché rimane uno dei segreti meglio custoditi della Louisiana. Ci sono sempre state delle voci, ma non c'è mai stato nessuno in grado di dimostrare che fossero vere. George vuole essere quel tipo di persona.»

«Beh, non può continuare a fare irruzione nella mia fabbrica.»

Gabriel ridacchiò e mi baciò la sommità del capo mentre mi stringeva a sé. «Andrà tutto bene, Violet.»

«Non lo so. Penso che questa storia continuerà ad accadere se non le mettiamo fine una volta per tutte. George deve farsene una ragione.»

«Come proponi di fargliene fare una ragione?»

«Lila ha suggerito un incantesimo per far dimenticare a lui e a tutti i suoi amici la presenza soprannaturale a Lemon Bliss» dissi a bassa voce.

«No! Non puoi permetterle di farlo, Violet. Non è giusto pasticciare con la mente di qualcuno. Non mi importa quanto sia una seccatura. Ti prego, dimmi che le hai detto di non farlo.»

«Certo che gliel'ho detto, ma Lila fa di testa sua.»

«Questo è superare il limite» disse, con fermezza. «Non voglio averci niente a che fare. Non posso esserne complice.»

«Speriamo che non lo faccia. Nel frattempo, devo fare un lavoro migliore per tenere al sicuro la fabbrica. Ho pensato di darle fuoco. Risolverebbe il problema una volta per tutte.»

«No!» disse lui, mettendosi a sedere e voltandosi a guardarmi. «Violet, è una follia. La polizia indagherà e scoprirà che la fabbrica non aveva niente a che fare con l'infarto di Harry.»

Sospirai. «Speriamo bene. So che è una pazzia darle fuoco, ma sono seria quando dico che voglio mettere la fabbrica un po' più in sicurezza. Mi aiuterai?»

«Certo, tesoro. Farò tutto ciò di cui hai bisogno.»

Sporgendomi in avanti, lo baciai. «Ho trovato una finestra che usavano per entrare. L'ho chiusa a chiave, ma penso che sarebbe meglio se sbarrassi con delle assi tutte le finestre del piano di sotto.»

Lui fece spallucce. «Si può fare senza problemi.»

«Voglio sbarrare anche le porte», sussurrai.

Mi guardò. «Cosa?»

Annuii. «La fabbrica è enorme. Se non sbarriamo tutti i punti d'ingresso, non faremo altro che invitare i curiosi a tentare di entrare.»

«Violet, non puoi farlo. Dove terrete le vostre riunioni?»

Feci spallucce. «Non lo so e non m'interessa.»

«Certo che ti interessa.»

«Gabriel, non potrei perdonarmelo se un'altra persona morisse a causa di qualunque cosa ci sia in quella fabbrica. Forse entrambe le morti sono state accidentali, ma quegli uomini sono comunque morti. Le loro famiglie hanno comunque perso una persona cara.»

«Capisco, davvero, ma non fare niente di avventato finché non avremo tutti i fatti.»

Alzai gli occhi al cielo. «I fatti sono che la fabbrica è un focolaio di attività paranormali o soprannaturali. Gli investigatori sembrano pensare che sia una specie di condotto. E quasi ci credo, quando vedo con quanta serietà mia madre e le altre donne sorvegliano quel dannato posto.»

«Forse perché è vecchio, e la proprietà appartiene alla tua famiglia da generazioni. Sono sicuro che ci sia un certo valore affettivo. La stregoneria è fortemente radicata nella tradizione. Capisco perché potrebbero temere il cambiamento», spiegò.

«Lo capisco, Gabriel. Davvero, ma odio che sia un rischio così grande. Sento che è una fonte di guai nella mia vita e lo sarà sempre, se non cambio qualcosa.»

Lui si appoggiò allo schienale e mi tirò di nuovo a sé. «Non deve esserlo per forza. Quella fabbrica è lì da decenni. Il problema è George. E non è necessariamente George, ma l'interesse per il soprannaturale in generale. È una cosa che va molto di moda adesso, ma solo adesso. L'interesse alla fine svanirà.»

«E se morisse un altro uomo? E se qualcuno si lasciasse trasportare, si intrufolasse nella fabbrica e si facesse seriamente male? So di esserne responsabile.»

«Sbarriamo le finestre con delle assi. Rinforzeremo le serrature e sbarreremo la porta d'ingresso.»

«Per ora va bene. Ma se si scopre che George o qualcun altro riesce ancora a entrare, prenderò seriamente in considerazione l'idea di darle fuoco», dissi con fermezza.

Gli occhi di Gabriel si incresparono agli angoli mentre sorrideva. «Va bene, però pensa alle altre streghe. La tua congrega dipende molto da te e da quel luogo di ritrovo. So che tecnicamente potreste riunirvi ovunque, ma non puoi negare che ci sia qualcosa di speciale nel ritrovarsi in un posto dove un tempo si riunivano i tuoi antenati.»

«Ti capisco. Possiamo andare a letto, adesso? Sono sfinita.»

Abbassando la testa, mi lasciò un bacio nell'incavo del collo prima di alzarsi. Mi tolse la bottiglia vuota di mano e la portò in cucina. «Salgo tra un minuto.»

Salii le scale, sentendomi stanca per la preoccupazione. Sapevo cosa intendeva Gabriel a proposito della fabbrica. La proprietà aveva ospitato le riunioni della congrega da tempo immemore. Mia madre e le altre dicevano che i nostri poteri erano più forti lì, a causa della magia residua nella stanza. Si poteva quasi percepire la presenza di tutti i nostri antenati mentre recitavamo i canti. Era un'esperienza potente, ma dovevo considerare le conseguenze a lungo termine per tutte noi. Ognuna di noi rischiava di perdere tantissimo, se ci fosse stata un'indagine formale sulla fabbrica.

Era un rischio che non ero disposta a correre. Da un lato, avrei potuto indebolire la forza della nostra congrega distruggendo il nostro legame con il passato. Dall'altro, avrei potuto rovinare le nostre vite se una o tutte noi fossimo state scoperte come streghe. Non solo streghe, ma streghe praticanti con autentici poteri magici.

C'era molto a cui pensare, ma per quella notte l'avrei messo da parte. Avevo bisogno di riposare. Gabriel entrò nella stanza dietro di me.

«Lascia perdere», sussurrò nell'oscurità. «Si risolverà tutto. E qualunque cosa accada, io sono qui.»

CAPITOLO UNDICI

Ho dormito troppo, ma non è stato un caso. Gabriel mi aveva svegliata alla solita ora per dirmi che Daphne gli aveva scritto un messaggio, dicendogli di lasciarmi dormire un po' di più. Stavo quasi per protestare, ma poi ho deciso di lasciar perdere. Ero esausta e avevo bisogno di dormire. Il forno poteva aspettare.

Quando finalmente mi sono tirata giù dal letto, mi sentivo riposata e pronta ad affrontare la giornata, compresi tutti i problemi che sicuramente ne sarebbero derivati. Avevo alcune commissioni da sbrigare prima di andare al forno.

La mia prima tappa è stata l'ufficio postale. Stavo frugando nella mia posta quando la voce di mia madre mi ha fatta trasalire.

«Mamma?» ho detto, alzando lo sguardo e vedendola allo sportello con una grande scatola.

«Oh. Ciao, Violet. Che ci fai qui? Non dovresti essere al lavoro?»

Ho squadrato la scatola, che sembrava avvolta da un intero rotolo di nastro da pacchi con la parola 'FRAGILE' scritta a grandi lettere rosse su tutti i lati.

«Mi sono presa la mattinata libera» ho spiegato, continuando a fissare la scatola.

Non era la stessa scatola della sua cucina, né quella della fabbrica.

«Oh, bene, ti meriti una pausa» ha detto lei.

Ho incrociato il suo sguardo. «Che cos'hai lì?»

«Oh, solo delle cose che sto spedendo a una vecchia amica» ha risposto.

Si è spostata da un piede all'altro, distogliendo lo sguardo da me. Ho percepito che era nervosa. L'impiegato delle poste ha attaccato un'etichetta sul pacco e l'ha portato dietro il bancone.

«Che cose?» ho incalzato.

«Oh, niente di che. Solo alcune cose che un'amica stava cercando. Le ho prese a New Orleans durante il mio viaggio di shopping» ha aggiunto.

Mi sono odiata per averlo pensato, ma non le credevo. Mia madre stava mentendo spudoratamente. Ha pagato la spedizione e poi si è girata per uscire. L'ho seguita.

«Mamma, che significava? Non dirmi che stavi spedendo roba a un'amica. Non sono un'idiota. So che non è vero.»

Ha puntato il suo sguardo su di me. «È esattamente come ho detto, e non gradisco che tu mi metta in discussione.»

«E io non gradisco che tu mi menta.»

«Violet, detesto dovertelo dire, ma non devo raccontarti ogni cosa che faccio. Non devo chiederti il permesso né il tuo consenso per fare niente. Ho la mia vita privata che non ti riguarda» ha detto, con tono deciso.

«Mamma, non ho bisogno di sapere ogni dettaglio della tua vita. Hai assolutamente ragione. Tuttavia, tu, Lila e le altre state combinando qualcosa. E merito di sapere di cosa si tratta.»

Ha abbozzato un sorriso tirato. «Violet, lo dirò un'ultima volta. Quello che faccio io, o una qualsiasi delle altre signore, non è affar tuo. Fatti gli affari tuoi!»

Sono rimasta a bocca aperta. «Mamma!»

Ha sollevato una mano ingioiellata. «No. Sono stufa che tu accusi costantemente me e le altre di combinare qualche guaio. Hai messo in chiaro che non ti fidi di nessuna di noi, e va bene.

Ma non aspettarti che io stia qui a farmi interrogare da te solo perché sto spedendo un pacco.»

«Scusami» ho borbottato. «È che le cose mi sembrano... strane. Non ho bisogno di sapere tutto. Questo è diverso. E questa cosa, qualunque essa sia, è seria. Ho paura che finiremo tutte in prigione per omicidio, intenzionale o meno.»

«Stai esagerando come al solito, Violet. Ora devo andare» ha detto, dirigendosi verso la sua auto.

Sono rimasta sul marciapiede a guardarla partire, stanca di sentirmi dire di farmi gli affari miei. Non mi sentivo un'impicciona. Sì, volevo sapere se stesse succedendo qualcosa di pericoloso o illegale, qualcosa che coinvolgeva persone che amavo, in una proprietà che possedevo. Questo non faceva di me un'impicciona.

La mia motivazione iniziale di sbrigare alcune commissioni era svanita. Mi sono diretta al forno. Perdermi nella preparazione dei dolci avrebbe alleviato la mia tensione.

«Oh-oh» ha detto Daphne, non appena ha visto la mia faccia quando sono entrata dalla porta principale del forno.

Ho sospirato. «Oh-oh, hai ragione. Ho appena combinato un disastro colossale.»

«Oh, Violet. Dovevi dormire e poltrire, non andare in giro a creare scompiglio. Dovrò assumere una babysitter per tenerti lontana dai guai» ha detto.

Jack, uno dei nostri nuovi impiegati, era in piedi al bancone accanto a Daphne. Ha sorriso e mi ha salutata con la mano.

«Ciao Jack» ho detto, passandogli accanto e dirigendomi verso la sicurezza della mia cucina.

Daphne mi ha seguita. «Cos'è successo?»

«La mia mattinata è iniziata alla grande e poi sono andata all'ufficio postale.»

«Hai ricevuto un biglietto dal calamaio?» ha scherzato, facendo riferimento a uno dei nostri problemi precedenti in questo fiasco con gli investigatori del paranormale.

«No, ma ho visto mia madre.»

Ha sorriso. «Non può essere stato poi così male.»

«Sì, invece. Stava spedendo un pacco. Era strano. La scatola era avvolta da una tonnellata di nastro, come se avesse paura che qualcuno potesse provare a guardarci dentro. Aveva scarabocchiato 'fragile' su quasi ogni superficie disponibile.»

«Che strano.»

«Direi. E quando le ho chiesto cosa fosse e a chi lo stesse mandando, è diventata molto suscettibile. Siamo finite a discutere fuori. Le ho detto che ero preoccupata per lei e per le altre e che sapevo che non era sincera. Mi ha letteralmente detto di farmi gli affari miei.»

Jack ha chiamato per chiedere aiuto al bancone. Daphne si è affrettata ad andare. Io mi sono data da fare con le preparazioni, preparandomi per il grande lavoro che io e Daphne facevamo una volta a settimana. Significava che avremmo lavorato fino a tardi stasera, ma adoravo quel momento. Il forno sarebbe stato chiuso e avremmo potuto parlare liberamente ascoltando la musica. Era divertente e rilassante.

La giornata è volata. Quando il forno ha chiuso, ho tirato un sospiro di sollievo. Ero felice di aver superato la giornata senza visite a sorpresa da parte di mia madre o di altre streghe. Non ero in vena di scontrarmi con loro dopo il primo round con mia madre quella mattina.

«Ok, ti dirò una cosa e non ti piacerà» ha detto Daphne non appena Jack se n'è andato. Allacciandosi un grembiule, si è appoggiata al tavolo di lavoro di fronte a me.

«Oh no. Dimmi.»

«Mia madre ha spedito una scatola simile. Sono passata da casa sua prima di venire al lavoro stamattina e il pacco era sul tavolo della cucina. Ha detto che stava per uscire e praticamente mi ha spinto fuori prima che potessi dargli un'occhiata come si deve» spiegò.

Smisi di stendere l'impasto che avevo davanti e alzai lo sguardo per vedere se fosse seria. «Cosa?» strillai. «E me lo dici solo adesso?»

«Non è che avresti potuto fare qualcosa prima, e non volevo turbarti ancora di più. E poi, siamo state molto impegnate e con Jack qui non avremmo comunque potuto parlarne. Rilassati.»

«Che sta succedendo? Com'è possibile che entrambe le nostre madri spediscano scatole simili?»

Daphne si strinse nelle spalle. «Non ho idea di cosa ci sia sotto. Di sicuro mia madre era molto evasiva riguardo a quella scatola.»

«Sono le prove» affermai. «Devono esserlo. Sanno che è solo questione di tempo prima che Harold o la polizia di stato inizino a indagare sulla morte di quel poveretto. Stanno spedendo le prove a qualcuno, ma a chi? Ci sono altre streghe?»

«Certo che ci sono altre streghe. Non so chi siano o dove siano, ma avrebbe senso che le nostre madri conoscessero altre streghe. Chissà se fanno delle convention di streghe?» chiese.

«Non lo so. Non abbiamo tempo di pensarci adesso. Dobbiamo sapere cosa nascondono. Non posso credere che stiano nascondendo qualcosa sul serio! Voglio dire, prima avevamo dei sospetti, ma non ne avevamo la certezza. Adesso lo sappiamo per certo e sto andando un po' fuori di testa.» La mia voce suonava stridula, persino alle mie orecchie.

«Rilassati. Risolveremo la cosa, Violet. E se non ci riusciamo, potrebbe essere la cosa migliore. Non credo di voler sapere se mia madre è coinvolta in un omicidio.»

Scossi la testa. «Daphne, dobbiamo saperlo. E se una notte, mentre siamo nella sala riunioni della congrega a praticare i nostri incantesimi, la polizia facesse un'irruzione? Potremmo finire tutte in prigione!»

Lei scoppiò a ridere. «Chi è la paranoica adesso?»

«Non è divertente, Daphne!»

«No, non lo è, ma non dobbiamo farci prendere dal panico più totale, no?»

«Farò irruzione all'ufficio postale e prenderò quelle scatole» dissi, con l'idea che mi era saltata in mente dal nulla.

Daphne guardò l'orologio. «A quest'ora se ne sono andate da un pezzo. Sono quasi sicura che l'ultimo ritiro sia alle quattro.»

«No» gemetti. «Come faremo a sapere dove sono dirette quelle scatole, o cosa contengono?»

«Potremmo chiedere?»

«Ehm, ci ho provato. Non è andata molto bene.»

Daphne assunse un'aria pensierosa. «Violet, penso che dobbiamo ammettere a noi stesse che la nostra congrega non è così innocente.»

«Non riesco a capacitarmene.»

«Lo so, è sconvolgente, ma credo che dobbiamo fare attenzione a quello che diciamo e facciamo. Non possiamo far capire loro che abbiamo dei sospetti. Non affrontare di nuovo tua madre. Non vogliamo tirare troppo la corda.»

Adesso era Daphne quella che stava esagerando. «Non ci farebbero mai niente.»

Mi fissò. «Se c'è una cosa che ho imparato da quando abbiamo scoperto di essere streghe, è che sono *molto* protettive nei confronti del loro segreto. Potrebbero esserci altri segreti del passato che devono tenere nascosti. Forse altre persone sono morte, ma nessuno ha sospettato una morte non naturale.»

Scossi la testa, rifiutandomi di credere a ciò che mi stava dicendo. Mi faceva rivoltare lo stomaco. «Non posso credere che siamo tornate entrambe qui per questo. Era forse il loro piano fin dall'inizio? Potrebbero aver usato la stregoneria per farci venire qui?»

Fece spallucce. «Penso che a questo punto dobbiamo dare per scontato che tutto sia possibile.»

«Non voglio crederci, non ancora. Aspetteremo e vedremo se Harold inizia a fare domande. Inutile fasciarsi la testa prima di rompersela» dissi.

Annuì. «D'accordo. Staremo al gioco. Ma Violet?»

«Mmm?»

«Io non andrò a nessuna riunione della congrega finché non sapremo cosa sta succedendo.»

Avrei voluto dirle che stava esagerando, ma condividevo il suo stesso pensiero. L'ultima cosa che volevo fare era mettermi in una stanza segreta nel seminterrato di un edificio abbandonato, con quattro donne che potevano essere o non essere delle assassine.

No grazie, passo.

CAPITOLO DODICI

Ogni persona ha una coscienza, quella vocina che dovrebbe guidarci nella vita. Tra la coscienza e il buon senso, la maggior parte delle persone riesce a prendere decisioni ragionevoli e razionali. Io ero una delle poche fortunate che potevano gettare al vento ogni briciolo di ragione e razionalità e fare cose davvero stupide senza pensarci due volte. Beata me.

«Devo uscire un attimo», annunciai a Daphne e Jack che, qualche giorno dopo, stavano pulendo i tavoli in sala.

Daphne inarcò un sopracciglio. «Davvero?»

Annuii. «Sì, torno in un lampo».

«Violet», disse Daphne, con un tono carico di avvertimento.

«Se qualcuno chiede di me, di' che sono troppo impegnata per venire in negozio», dissi con un occhiolino complice.

Sapevo che Daphne avrebbe capito a cosa mi riferivo. Se mia madre o una delle altre streghe fosse passata, non dovevano domandarsi dove fossi.

«Stai attenta», mi avvertì.

«Sempre», risposi, dirigendomi in cucina per uscire dalla porta sul retro.

Attraversai la città in macchina e avvistai mia madre e Lila nell'unico parrucchiere del paese. Percorsi Main Street e sorrisi tra me e me quando vidi Coral e Magnolia insieme al Crooked Coffee.

Perfetto.

La mia prima tappa fu casa di Coral. Usai i miei poteri per sbloccare la porta sul retro ed entrai. Controllai la casa, in cerca di una delle scatole della fabbrica o di pacchi da spedire. Non trovai nulla di incriminante e me ne andai in fretta, dirigendomi verso casa di Magnolia. Anche stavolta, bastò un rapido gesto della mano per entrare. Con la magia, violare la proprietà privata era un gioco da ragazzi. Scacciai la fitta di senso di colpa dicendomi che era per un bene superiore.

Detto questo, stavo iniziando a perdere la speranza di trovare qualcosa che mi desse un indizio su ciò che nascondevano, perché non trovavo nulla di sospetto.

Dopo che un'altra visita a casa di mia madre non portò a nulla, pensai di tornare in pasticceria, ma mi dissi che se ne avevo perquisite tre, tanto valeva perquisire anche la quarta.

Fu a casa di Lila che finalmente trovai un indizio. Non era altro che una fila di barattoli impolverati su uno scaffale in cantina. I barattoli erano simili a quelli della fabbrica, ma non avrei saputo dire se fossero esattamente gli stessi. Afferrai uno dei barattoli e me ne andai in fretta. Avevo già sfidato abbastanza la fortuna e non volevo rischiare che una di loro tornasse a casa e mi trovasse a ficcanasare in giro.

Tornai alla pasticceria, sgattaiolando dalla porta sul retro e sperando che nessuno fosse passato a cercarmi. Dopo essermi allacciata il grembiule, andai in negozio.

«Ehi», mi salutò Daphne. «Tutto bene?»

Feci una leggera alzata di spalle. «Forse».

Lei annuì e si rivolse a Jack. «Bada tu al forte. Torno subito».

Andammo insieme in cucina.

«Allora?», chiese.

«Niente».

«Accidenti!»

«Lo so. Però ho trovato dei barattoli nella cantina di Lila.

Non posso dire con certezza se siano dello stesso tipo di quelli nella cantina della fabbrica, ma sembrano simili. Quello che ho preso ha dentro qualcosa».

Lei ridacchiò. «I barattoli sono barattoli. Cos'è quella roba?»

«Non ne ho idea, ma ho pensato che forse potremmo farla analizzare».

«Analizzare, e dove?»

«Non lo so».

«Violet, non credo sia sicuro per te tornare là dentro».

Annuii. «Ed è per questo che ne ho preso uno dalla cantina di Lila, così non devo farlo».

«L'hai fatto davvero?», chiese, con gli occhi sgranati.

«Non credo che se ne accorgerà. Ce n'erano parecchi sullo scaffale e sono tutti impolverati. Non credo che li tocchi da anni».

«Fammi vedere», disse lei, eccitata.

«È in macchina. Non volevo portarlo qui dentro».

«Allora andiamo».

Uscimmo dal retro. Aprii la portiera della macchina e frugai sotto il sedile, tirando fuori il barattolo riempito a metà con una sostanza bianca e untuosa.

«Che schifo, è disgustoso», commentò Daphne.

«Lo so. La roba nella fabbrica era così. A me sembra un unguento o dello strutto».

«Quindi è una pomata?»

Alzai le spalle. «Non ne ho idea. Potrebbe essere quell'unguento per le mosche di cui abbiamo letto nel libro. Ma di certo non lo toccherò per scoprirlo».

«Ci serve quel libro», disse Daphne. «Corro a casa a prenderlo».

«No! Dobbiamo aspettare. Vengo da te dopo il lavoro. Porto cibo da asporto e, se qualcuno chiede, possiamo dire che facciamo una serata tra ragazze».

Lei annuì. «Buona idea. Non dimenticare il vino».

Risi e rimisi il barattolo in macchina. Per il resto della giornata, mentre cucinavo, rimuginai su cosa ci fosse in quei barattoli. Non potei fare a meno di chiedermi se fosse veleno. La domanda a cui avevo quasi paura di rispondere era come quella sostanza fosse finita nella cantina di Lila e nella fabbrica, se si fosse rivelata essere la stessa identica cosa che aveva causato la morte di Harry.

Daphne e io ci affrettammo a sbrigare le faccende di chiusura, ansiose di arrivare a casa sua. Lei andò direttamente a casa, mentre io mi fermai al piccolo negozio di alimentari del paese a prendere un paio di pizze surgelate e una bottiglia di vino. Non mi presi la briga di passare da casa mia prima di andare da lei. Mandai un veloce messaggio a Gabriel per fargli sapere che avrei passato la serata con Daphne.

«Dov'è?» chiese Daphne non appena misi piede in casa.

Le mostrai un sacchetto di carta. «Non volevo toccarlo più del necessario. E poi, se qualcuno mi avesse vista entrare, non volevo che notasse il barattolo.»

Lei sorrise. «Ben pensato. Sapevo che prima o poi saresti finita anche tu nel tunnel della paranoia.»

«Sono decisamente paranoica. Anzi, sono sull'orlo di un attacco di panico con i fiocchi. Se questa roba è aconito, non credo che potremo trovare altre scuse per Lila. Dobbiamo ammettere che è lei quella dietro l'avvelenamento di Harry.»

«Non arriviamo ancora a quelle conclusioni. Prima leggiamo e facciamo un po' di indagini online.»

«Pensavo avessi detto che non è intelligente fare ricerche online.»

«Oh, accidenti, è vero. D'accordo, leggiamo e poi decidiamo se farci prendere dal panico.»

Daphne mise le pizze nel forno mentre io controllavo il libro. Passammo quasi due ore a leggere, cercando di scoprire di più sugli unguenti che le antiche streghe usavano per svariati motivi. Purtroppo, non scoprimmo nulla. Non c'era una risposta definitiva senza far analizzare la sostanza.

«Non possiamo» disse Daphne, scuotendo la testa. «Se lo

portiamo in un laboratorio, ci auto-incrimineremmo. Non ci crederanno mai se diciamo che l'abbiamo trovato.»

Emisi un gemito di frustrazione. «Perché non ce lo dicono e basta? Se fosse un qualche rilassante muscolare vecchio stile, potrebbero semplicemente dircelo.»

«Ma se non lo è, non possono certo venire a dirci che è uno strumento per commettere un omicidio.»

«Cosa ne facciamo ora che ce l'abbiamo?» chiesi, guardando il sacchetto di carta che conteneva il barattolo.

«Non lo voglio qui!» disse Daphne allarmata.

«Non lo voglio neanch'io!»

«Dobbiamo nasconderlo.»

«Dove?»

Rimanemmo in silenzio mentre rimuginavamo sulle nostre limitate opzioni. «Potremmo seppellirlo.»

«Dove?» ripeté la sua domanda.

Sospirai. «Lo seppellirò nelle aiuole di mia nonna. Con la sua magia all'opera, niente può uccidere quelle piante. Spero» borbottai.

«Bene. Ma fallo stanotte, quando nessuno può vederti.»

«Oh, certo, questo non sembrerà affatto sospetto. Faccio sempre giardinaggio nel cuore della notte» dissi sarcastica.

Daphne ridacchiò. «Beh, potresti dire che stai seppellendo il tuo pesciolino rosso.»

«Non ho un pesciolino rosso.»

Lei mi fece l'occhiolino. «Infatti. Non ce l'hai più.»

«A volte mi fai un po' paura.»

Lei agitò le sopracciglia. «Dovresti averne molta.»

«Vado a casa. Devo seppellire il mio finto pesciolino rosso e poi farmi una doccia per levarmi di dosso la sporcizia della cucina. Ci vediamo domani» dissi, afferrando il sacchetto di carta e dirigendomi verso la porta.

«Non vuoi la pizza o il vino?» chiese Daphne, sollevando la bottiglia ancora chiusa.

«No. Goditi tu la pizza, e sono sicura che il vino ci servirà un'altra volta.»

Dopo aver seppellito il barattolo dietro un muro di fiori, mi infilai a letto, sperando in una buona notte di sonno. Invece, fui tormentata da sogni di fiori velenosi che si arrampicavano sui muri di casa. Nessuno poteva entrare e io non potevo uscire senza essere attaccata dai fiori.

Quando finalmente fu ora di alzarmi per andare al lavoro, fui quasi contenta di scendere dal letto e dirigermi al forno. Avevo bisogno di tenermi occupata per distogliere la mente dai miei sogni. Speravo non fossero una specie di premonizione.

«L'hai fatto?» chiese Daphne, entrando in cucina.

«Sì. Speriamo solo che non faccia qualcosa di strano, tipo uccidere i fiori; o peggio, trasformarli in malvagie liane velenose che crescono e crescono fino a intrappolarmi in casa mia e a minacciare di uccidere chiunque si avvicini.»

«Come hai detto?» chiese lei, confusa.

«Niente. Sto solo perdendo la testa, un pezzetto alla volta.»

«Okay» rispose lei scuotendo lentamente la testa, prima di tornare sul davanti per aprire il forno.

Più tardi, quella stessa mattina, stavo rifornendo la vetrina quando entrò Magnolia.

«Ciao, ragazze» salutò Daphne e me.

«Buongiorno» rispondemmo all'unisono.

Magnolia ci guardò con sospetto negli occhi. Eravamo troppo gentili. Lo sapevo, ma stavo ipercompensando per il mio senso di colpa. Ero colpevole di sospettare che fosse un'assassina. Non era una cosa che si potesse nascondere facilmente. Almeno, non era facile per me.

Tornai a sistemare la vetrina mentre Daphne prendeva un caffè e un muffin per sua madre.

«Daphne, sei passata da casa ieri?» chiese Magnolia.

«No, mamma. Perché me lo chiedi?»

«Quando sono tornata a casa, ho avuto la sensazione che ci fosse stato qualcuno. Pensavo che magari fossi passata tu mentre ero fuori.» Parlava in modo abbastanza innocente, ma ebbi la sensazione che stesse insinuando qualcosa.

Feci del mio meglio per ignorarla e fingere che andasse tutto bene. Daphne sembrava stesse cercando di fare lo stesso, ma con scarsi risultati.

«Sono stata qui tutto il giorno, poi ieri sera Violet è venuta da me dopo il lavoro e abbiamo mangiato una pizza e guardato un'intera stagione di Friends su Netflix» blaterò.

Cercai di farle segno di stare zitta, ma senza successo.

«Mmm. Beh, che strano. Giuro che potevo percepire la presenza di qualcuno. Forse i miei sensi sono un po' sballati» disse con un sorriso, prendendo le sue cose e uscendo dalla porta.

Una volta uscita, Daphne e io ci guardammo. «Lei sa. Lo sa e quello era il suo modo per dirmi che lo sa. Probabilmente lo sanno tutti» sibilai, cercando di calmare il panico crescente.

«Non possono saperlo» disse Daphne, tentando di rassicurarmi.

Inclinai la testa di lato e la scrutai. «Sì che possono. Lo sai bene quanto me. Sanno che abbiamo ficcanasato in giro. Chissà se Lila sa che ho preso il barattolo.»

«Spero di no.»

Il telefono di Daphne e il mio suonarono contemporaneamente. Io scelsi di ignorare il mio, ma Daphne tirò fuori il suo. La guardai impallidire. «Oh no.»

«Cosa? Cos'è?»

Mi affrettai a tirare fuori il telefono dalla tasca per leggere io stessa il messaggio. Il cuore mi sprofondò nei piedi. «Oh no» ripetei la risposta di Daphne.

«Andiamo?» sussurrò.

«Credo che dobbiamo.»

«È un guaio, un grosso guaio,» borbottò Daphne.

Fissai il messaggio del gruppo. C'era una riunione d'emergenza, quella sera. Dal modo in cui era scritto capii che non era facoltativa. Ero in guai seri. Me lo sentivo.

CAPITOLO TREDICI

Ero un fascio di nervi. E così Daphne. Nessuna delle due riuscì a concentrarsi per il resto della giornata. Bruciai tre infornate di biscotti prima di arrendermi. Non volevo avere paura delle mie consorelle, ma era così. C'era un presentimento che non riuscivo a scacciare, per quanto mi sforzassi.

Quando arrivò il momento di chiudere il forno, lo feci con l'idea che potesse essere l'ultima volta. C'era la possibilità che l'indomani non sarei stata al forno. Non avevo idea di cosa facessero le streghe per punire le altre streghe. La mia immaginazione correva a briglia sciolta e i continui suggerimenti di Daphne non aiutavano per niente. In fin dei conti, ero stata io a introdurmi nelle case. Ero stata io a spiare Lila e mia madre nella fabbrica. Ero disposta a prendermi tutta la colpa per salvare Daphne, se si fosse arrivati a quel punto.

Il messaggio diceva di non parcheggiare alla fabbrica, nel caso qualcuno avesse visto le nostre auto. Saremmo dovute arrivare tutte a piedi. Speravo non fosse una trappola. Nella mia mente, mi ero già immaginata tutto. Sarei stata aggredita e uccisa durante una passeggiata di mezzanotte. I miei segreti sarebbero morti con me e la congrega sarebbe stata al sicuro.

Stavo farneticando. O almeno speravo. Decisi che avrei

preferito andarmene così. Non volevo passare quello che aveva passato Harry. Avevo letto i sintomi e non sembravano affatto piacevoli.

«Sei pronta?» chiese Daphne, parcheggiando la sua auto vicino alla stessa baracca che avevo usato io per nascondere la mia qualche sera prima.

«Sì. Facciamolo e basta. Se dovesse andare male, per favore, fa' sapere a Gabriel...»

«Smettila! Non ti azzardare a parlare così. Non ci uccideranno» sibilò lei.

«Non uccideranno *te*. Forse si limiteranno a cancellarmi i ricordi e a rispedirmi da dove sono venuta. Potrei accettarlo» riflettei.

Lei non rispose. Camminammo in silenzio lungo la strada sterrata, seguendo il fascio di luce della nostra torcia. Entrammo e scendemmo le scale. Non potevo fare a meno di sentirmi come se stessi entrando in un nido di vipere.

«Siamo qui» annunciò Daphne.

Le altre donne erano già arrivate. Nessuna sorpresa. Immaginai che stessero complottando.

«Sedetevi» disse mia madre, alzandosi dalla sedia.

Insieme, Daphne e io ci avvicinammo e ci sedemmo sull'unico divano vuoto della stanza. Feci un respiro profondo e mi preparai per quello che immaginavo sarebbe stato un interrogatorio serrato, seguito da una qualche orribile punizione.

Guardai Lila. Era seduta su una poltrona a orecchioni e si torceva nervosamente le mani. I suoi capelli, di solito perfettamente acconciati, erano un mezzo disastro. Il suo nervosismo non faceva nulla per calmare il mio.

«Qualcuno si è introdotto in casa di ognuna di noi l'altro giorno» esordì mia madre. «Sospettiamo che possa essere stato George o uno dei suoi soci.»

Io e Daphne ci scambiammo un'occhiata. «Oh» dissi, con la voce leggermente strozzata.

«Sì!» strillò Lila. «Mi hanno rubato qualcosa da casa!»

«Cosa le hanno rubato?» chiesi, fingendo ignoranza.

Lila si guardò intorno nella stanza. «Un barattolo.»

«Un barattolo?» insistetti.

«Sì, un barattolo. Era il mio barattolo. Non avevano alcun diritto di frugare nella mia cantina.»

«Il barattolo era nella sua cantina? Come fa a sapere che hanno preso un solo barattolo?» chiesi, sperando di spingerla ad ammettere cosa contenesse veramente.

«Violet, non sono così vecchia e rimbambita. So quando manca qualcosa» ribatté seccamente.

Annuii, lasciando cadere la cosa... per il momento.

«Cosa c'è di così importante in un barattolo?» chiese Daphne.

Magnolia si schiarì la gola. «Non si tratta solo del contenuto del barattolo. È il fatto che qualcuno sia entrato e l'abbia preso. Nessuno lo farebbe se non sospettasse che il barattolo fosse importante.»

«Pensa che qualcuno credesse che il barattolo avesse valore?» suggerii.

Nessuna disse una parola. La tensione nella stanza era palpabile. Non temevo più che mi sospettassero del crimine. Tuttavia, ero più preoccupata che mai che fossero loro le colpevoli del vero crimine.

«Certo che aveva valore. Era mio» disse Lila.

Coral si alzò e cominciò a camminare avanti e indietro nel piccolo spazio. «Prima hai menzionato l'avvelenamento da aconito, Violet. Perché?»

«Ve l'ho detto. Il referto del medico legale ha rivelato che a causare la morte di Harry è stata la tossicità dell'aconito.»

Lei annuì. «Però hai chiesto dell'uso dell'aconito nella stregoneria. Perché?»

Non mi piaceva essere interrogata. Volevo interrogarle io. Il mio sollievo precedente fu di breve durata e avevo la sensazione di essere stata raggirata. Sapevano che ero stata io e speravano di cogliermi in fallo.

«L'abbiamo chiesto» intervenne Daphne.

«C'è molta tensione tra di noi» dissi, stanca di questi giochetti. «Voi ragazze state nascondendo qualcosa, e io voglio sapere cosa.»

«Violet» disse mia madre, con tono basso.

«Vi siete aggirate furtivamente per la fabbrica, avete evitato le domande dirette e poi vi abbiamo viste spedire dei pacchi molto sospetti. Che vi piaccia o no, Daphne e io abbiamo il diritto di sapere se la cosa riguarda questa congrega. Ci avete fatte entrare voi e rese parte della congrega, il che significa che siamo responsabili tanto quanto voi per qualsiasi cosa di cui la congrega abbia colpa» dissi, senza preoccuparmi di nascondere la mia frustrazione.

«Aggirarci furtivamente per la fabbrica?» chiese Coral.

«Sì! Lila è sempre qui, me l'ha detto lei stessa!»

«Calmatevi tutte» disse Magnolia, cercando di placare gli animi.

«Mamma, per favore, ci dici cosa ci stai nascondendo?» chiese Daphne.

«Non credo che stiamo nascondendo nulla che vi riguardi.»

Mi alzai in piedi, incapace di restare seduta un secondo di più. Aggirai il divano, dirigendomi verso la piccola dispensa.

«Cos'è questo?» chiesi, spalancando la porta. «Cosa sono tutti questi barattoli? Sono veleno?»

Potei sentire i sussulti dietro di me. Probabilmente mi ero appena tradita, ma non mi importava più.

«Violet» esordì mia madre. «Come sapevi che quei barattoli erano lì dentro?»

«Ho curiosato. Non siete le uniche che possono entrare qui quando gli pare. Nel caso ve lo foste dimenticate, sono io la proprietaria di questa vecchia fabbrica. Sono venuta qui e ho iniziato a guardarmi intorno. È ovvio che state nascondendo qualcosa. Ho trovato questi barattoli e, stranamente, ne manca qualcuno. Tu non ne sapresti nulla, vero, Lila? Mamma?» chiesi, trafiggendole con lo sguardo.

Nella stanza calò un silenzio di tomba, e potevo sentire il mio stesso cuore martellarmi nel petto.

«Credo che siamo uscite fuori tema» disse Coral, schiarendosi la gola. «Non servirà a nessuna lanciare accuse campate in aria.»

«Non credo che sia tanto campata in aria» replicai, con un tono molto più calmo di quanto mi sentissi. «Voglio sapere se c'è la possibilità che Harry sia stato avvelenato dopo essere entrato in contatto con qualcosa conservato qui.»

«Non potremmo assolutamente rispondere. Non credo che nessuna di noi fosse presente quando è morto» replicò Magnolia.

Alzai gli occhi al cielo. «Potete giocare la carta dell'ignoranza solo fino a un certo punto. Se Harold inizierà a fare queste domande, fareste meglio ad avere una storia migliore della sua. Cosa c'è nei barattoli?»

«Non lo sappiamo con certezza, Violet» disse mia madre. «Quelle pozioni esistono da diverse generazioni.»

«Oh, andiamo» sbuffai. «Pensi davvero che crederò che non hai idea di cosa ci sia in nessuno di quei barattoli? Non sei neanche un po' curiosa o preoccupata? E se prendessi il barattolo sbagliato e finissi per uccidere qualcuno?»

«Non usiamo quei barattoli» sottolineò Lila. «Ma questo non significa che dobbiamo buttare via tutto. La vostra generazione non ha rispetto per le antiche usanze.»

Daphne rise. «Rispettiamo tutto ciò che è antico, tranne i vecchi assassini. Ho la sensazione che la legge la penserà allo stesso modo. Dire semplicemente che non sapete cosa c'è nei barattoli non funzionerà a lungo.»

«Beh, suppongo sia una fortuna che nessuno possa arrivare quaggiù» disse Coral.

«Per ora» mormorai.

«Per sempre» mi corresse Coral.

«Beh, io proprio non capisco perché Lila sia così preoccupata per un barattolo mancante. L'unica ragione per cui dovrebbe esserlo è se avesse qualcosa da nascondere. Proprio come è così preoccupata per gli investigatori del paranormale che si aggirano per la fabbrica» dissi, guardandola dritta negli occhi. «Sei preoccupata che qualcuno possa farsi male se quel barattolo cadesse nelle mani sbagliate, Lila?» chiesi.

«Adesso basta, Violet» disse mia madre con fermezza.

Quella precedente sensazione di sventura mi travolse. Potevo starmi cacciando in un grosso guaio. Era ovvio che nessuna delle streghe avrebbe confessato.

«Beh, non vedo il motivo di restare qui un minuto di più. Io ho chiuso» dissi, sbattendo l'anta della credenza.

«Violet, aspetta» disse Magnolia. «Dobbiamo parlare di cosa diremo se Harold inizierà a fare domande sulla fabbrica.»

«Intendi se mi chiederà se ho una boccetta di veleno nascosta nella fabbrica?» chiesi.

«Dubito che te lo chiederà in quel modo, ma in sostanza, sì» replicò lei con calma.

«Non ho nulla da dire a lui o a nessuna di voi. Non perdono l'omicidio, punto. Anzi, non voglio avere niente a che fare con degli assassini e non ho alcuna intenzione di essere colpevole per associazione.»

Mi diressi verso le scale, prontissima alla mia uscita di scena, quando mi ricordai che mi aveva accompagnata Daphne. Mi voltai a guardarla, ancora seduta sul divano. Sembrava un cervo abbagliato dai fari. Inarcai un sopracciglio, chiedendole con lo sguardo se sarebbe venuta o no.

Lei guardò sua madre. «Mamma, mi dispiace, ma sono d'accordo con Violet su questo. Sta succedendo qualcosa e, se non siete disposte a dircelo, non possiamo metterci a rischio.»

Magnolia annuì. «Capisco. Cercate di capire che preferiremmo non mettervi in una posizione che potrebbe nuocervi in alcun modo. Stiamo cercando di proteggervi.»

Avrei voluto poter credere alle sue parole. Volevo crederci, e spiegherebbe molte cose. Tuttavia, eravamo già coinvolte. E, a differenza loro, noi eravamo cieche e non avremmo visto arrivare la minaccia.

Daphne e io uscimmo dalla fabbrica. Feci un respiro

profondo dell'aria fresca della notte, lasciando che mi riempisse i polmoni e mi schiarisse le idee.

«Wow» mormorò Daphne.

«È un eufemismo.»

«Siamo ancora vive entrambe, almeno quello.»

Iniziai a ridacchiare. «Questo è vero. Immagino che non dobbiamo chiederci cosa ci sia in quel barattolo. Credo che la loro reazione al barattolo mancante la dica lunga.»

«Forse potremmo prendere tutti i barattoli e seppellirli. Così, se Harold dovesse in qualche modo riuscire a trovare la stanza segreta, non ci sarebbero prove che riconducano a noi» suggerì Daphne.

Avevo la sensazione che stesse scherzando, ma in realtà non era un cattivo piano. Non sapevo quanti barattoli ci fossero, ma avremmo potuto seppellirli a casa mia o anche fuori dalla fabbrica. Sarei stata felice di farlo se fosse servito a ripulire il nostro nome e ad assicurare che nessun altro avrebbe sofferto per un avvelenamento accidentale.

Daphne mi lasciò a casa. Mentre salivo i gradini d'ingresso, guardai l'aiuola dove avevo seppellito il barattolo. Le immagini del mio sogno mi balenarono nella mente. Non ero molto esperta di stregoneria, ma speravo davvero che l'aconito nel barattolo non filtrasse in qualche modo nel terreno rendendo i fiori tossici. Forse il mio sogno era un avvertimento.

Me lo scrollai di dosso e rientrai in casa per un'altra notte di sonno agitato.

CAPITOLO QUATTORDICI

Proprio come immaginavo, non riuscivo a dormire. Non riuscivo nemmeno a chiudere gli occhi. Ero su di giri. Il mio cervello era di nuovo su quella ruota da criceto, a girare e girare senza sosta. Non potevo semplicemente ignorare quello che era stato detto stasera. Daphne aveva avuto una buona idea, anche se in parte per scherzo.

Mi misi a sedere sul letto e accesi la lampada sul comodino. Era quasi mezzanotte. Ero sicura che a quell'ora se ne fossero andati tutti dalla fabbrica. Presa la mia decisione, mi vestii in fretta con gli stessi abiti che avevo indossato per le mie precedenti attività furtive. Ero indecisa su quanto vicino dovessi parcheggiare l'auto. La baracca era davvero la mia unica opzione, a meno che non volessi parcheggiare fuori strada. Sarebbe stato troppo evidente.

Passai una volta in macchina, per vedere se notavo qualche auto. Sapevo che avevano parcheggiato tutti in posti diversi per non attirare l'attenzione. Non vidi nessuna macchina parcheggiata e pensai che a quel punto se ne dovevano essere andati. Feci inversione e parcheggiai vicino alla baracca. Presi le borse della spesa riutilizzabili che avevo portato per trasportare i barattoli. Avrei potuto buttarle via o seppellirle con i barattoli. Non le avrei mai più usate.

Scesi di soppiatto al piano di sotto e lasciai le borse della spesa, nascondendole sotto un divano, nel caso in cui per qualche assurda coincidenza si fosse presentata una delle altre streghe. Volevo controllare una cosa prima di iniziare a portare via i barattoli. Sapevo che non avrei dormito, quindi non era un problema prendermi un po' di tempo in più per esplorare a fondo l'area principale del seminterrato.

Volevo vedere se c'erano altri barattoli in quelle scatole. Avrebbe avuto senso se Harry si fosse imbattuto nel veleno nell'area del seminterrato. Non era possibile che avessero trovato la nostra stanza segreta. Se l'avessero fatto, la notizia si sarebbe già sparsa per tutta la città. Ci avevo pensato un po' e avevo deciso che, se mai me lo avessero chiesto, avrei detto che era una sala relax per i dirigenti della vecchia azienda.

Il seminterrato era davvero inquietante. Infilai i guanti di gomma che avevo portato e iniziai ad aprire le scatole, alla ricerca di quei barattoli. Mi bloccai quando sentii qualcosa muoversi. Eccolo di nuovo! La bocca mi si seccò e la paura mi strinse il petto.

Riuscendo a fare qualche respiro profondo, mi avvicinai ai piedi delle scale, spegnendo la torcia. Avevo lasciato la porta del seminterrato aperta e speravo che non la chiudessero. Non ero sicura che si chiudesse automaticamente. Il pensiero di rimanere intrappolata nel seminterrato era assolutamente terrificante.

Trattenni il respiro. Delle voci si stavano avvicinando alla porta. Mi nascosi sotto le scale e ascoltai attentamente, cercando di capire cosa stessero dicendo.

«Nessuno vedrà le luci, accendile e basta. Non voglio rischiare di sbattere di nuovo contro una di quelle stupide macchine. Ho ancora un livido dall'ultima volta.»

La voce era familiare. La passai rapidamente in rassegna nella mente e la riconobbi. Era George, e non era solo.

«Ho le telecamere» disse un'altra voce maschile, avvicinandosi alla porta.

«Bene. Le metteremo a ogni angolo. I fantasmi tendono a fluttuare. Dobbiamo puntare in alto e non a terra» istruì George.

Alzai gli occhi al cielo nell'oscurità.

«Questa sarà la nostra occasione» disse un'altra voce maschile, molto più giovane.

Doveva essere Dale Junior, dedussi.

«Tuo padre sarebbe molto orgoglioso di te, ragazzo» commentò George.

«Grazie. Voglio chiedere a quel fantasma perché ha ucciso Harry» rispose il giovane Dale. «Pensavo che i fantasmi non fossero pericolosi.»

«Ci sono alcuni spiriti maligni che sono malvagi e devono essere annientati. Harry potrebbe aver fatto arrabbiare l'entità. L'unico modo per saperlo è se riusciamo a evocarli» spiegò l'altro uomo, che doveva essere Stan.

Repressi una risata. Credevano davvero a quello che stavano dicendo, e non potevo biasimarli. Mia madre diceva di parlare con gli spiriti. Quel lato più pratico di me faticava ancora ad accettare le varie sfaccettature di un mondo soprannaturale che esisteva parallelamente a quello ordinario.

«Forse non è stata colpa del fantasma. Harry potrebbe essere morto di paura. Diceva di avere esperienza con il paranormale, ma non ho mai controllato il suo passato» disse George.

«Proveremo a evocare le entità stasera?» chiese Dale, speranzoso.

«Tanto vale» commentò Stan. «Torno a prendere il resto dell'attrezzatura. L'ho lasciata nascosta nel seminterrato.»

«La prendo io» disse George.

Fui presa dal panico, cercando un posto dove nascondermi. Non avevo idea di dove fosse stata nascosta l'attrezzatura e quindi non sapevo dove avrebbe cercato. Corsi un grosso rischio e, alla cieca, mi feci strada a tastoni lungo la fila di scaffali fino all'angolo più lontano che riuscii a trovare. Mi accovacciai dietro quello che speravo fosse uno scaffale pieno di scatole. Non ero mai stata in un buio così completo in vita mia. Se mi fossi lasciata pensare troppo, sarei finita per avere un attacco di panico. Chiusi gli occhi e feci dei lenti respiri, ricordando a me stessa che avevo una torcia e che avrei potuto accenderla non appena George se ne fosse andato. Potevo farcela. Non sarebbe rimasto a lungo nel seminterrato. Era solo questione di pochi minuti.

Puoi farcela, Violet. Rilassati.

Sentii dei passi e il rumore di scatole che si aprivano. Avrei dovuto aspettare che se ne andasse per vedere cosa stava esaminando. Sentii i suoi passi andare nella direzione opposta e poi salire sulle scale d'acciaio.

Tirai un sospiro di sollievo, finché non mi resi conto che avrebbe potuto chiudere la porta. Accesi la torcia, usando la mano per schermare la luce, e mi diressi verso la porta. Potevo sentire le voci e quasi crollai per il sollievo quando mi resi conto che la porta era aperta.

«Prepara quella telecamera. Non voglio evocare gli spiriti se non stiamo registrando. È un'occasione troppo ghiotta per lasciarsela sfuggire» ordinò George.

«E se ci ritroviamo con un sacco di spiriti? Ci uccideranno per violazione di proprietà?» chiese Dale.

Ancora una volta, repressi l'impulso di scoppiare a ridere.

«Siamo preparati. Abbiamo dei fischietti per cani che spaventeranno via gli spiriti» rispose Stan.

Mi battei una mano sulla fronte. Quegli uomini avevano letto troppi libri o guardato troppi stupidi film di fantascienza.

«Siamo pronti?» chiese George. «Hai montato l'ultima telecamera?»

«È pronta.»

«Stavolta ci sono le schede di memoria per salvare in ognuna?» brontolò. «Non voglio fare di nuovo lo stesso errore.»

«Ho controllato due volte prima di montarle» disse Stan.

Aspettai, curiosa di vedere come pensavano di evocare gli

spiriti. Avrei solo voluto poter vedere cosa stessero facendo. Quello sì che sarebbe stato un vero spasso.

Sentii dei passi strascicati. «Accendo io le candele» la voce di Dale scese giù per le scale.

«Spegni le luci» ordinò George.

Il seminterrato ripiombò nel buio, con solo un debole bagliore giallastro che filtrava dalla porta aperta.

«Quante candele avete acceso?» borbottai tra me e me. Speravo non appiccassero un incendio. Non mi piaceva affatto che giocassero col fuoco nella fabbrica.

Certo, se la fabbrica fosse bruciata, avrebbe risolto parecchi dei miei problemi, riflettei tra me e me.

«Dov'è la sfera di cristallo?» chiese Stan.

«Qui» disse Dale.

Nella mia mente, immaginai gli uomini seduti in cerchio, circondati da candele, con la sfera di cristallo al centro. Sapevo esattamente cosa stavano facendo. Era una cosa di cui avevo letto. Alcune streghe usavano una sfera di cristallo per scrutare altre streghe, un'antica pratica. A volte era una sfera di cristallo, altre volte un cristallo. Tutto dipendeva dalla strega, dalla congrega e da ciò che ritenevano più magico.

Ero scettica riguardo a tutto ciò. Ciò non mi impedì di salire furtivamente le scale, un gradino alla volta, fermandomi ogni volta per assicurarmi che non mi sentissero. Li sentivo cantilenare. Le parole non avevano senso per me. Presunsi che provenissero da qualche antico manuale di rituali. Non avevo familiarità con il latino, ma propendevo a credere che fosse quella la lingua che George stava tentando di parlare.

Forse non parlavo la lingua, ma anche io potevo dire che stava completamente storpiando il dialetto.

Sembrava che sarebbero andati avanti per un po'. Mi accomodai sui gradini, rimanendo bassa e fuori vista mentre guardavo e ascoltavo il loro tentativo di evocare i morti.

«Non sta funzionando» si lamentò Dale Jr.

«Non è una cosa istantanea» replicò Stan. «Ci vuole pazienza.»

Io, da parte mia, mi stavo annoiando a morte e speravo che si arrendessero presto. Dovevo ancora prendere i barattoli e tornare a casa per seppellirli prima che sorgesse il sole. Al ritmo a cui procedeva la loro evocazione, sarei potuta rimanere lì per un bel po'.

«Penso che per ora dovremmo smettere. Forse gli spiriti sono timidi» propose Stan.

Mi coprii la bocca con una mano, soffocando un attacco di risatine.

«Va bene. La prossima volta, ragazzi, dovete essere pronti a restare tutta la notte. Tuo padre era disposto a dedicare il tempo necessario» dichiarò George. «Non mollava né si arrendeva finché non otteneva quello che voleva.»

«Forse dobbiamo sistemarci in un punto diverso?» suggerì Stan. «Potremmo provare con una tavoletta Ouija.»

«No! Quella è roba da dilettanti» disse George. «Ci riproviamo. Continuiamo a provare finché non avremo i nostri fantasmi.»

Mi venne voglia di dire a George che avrebbe dovuto provare da qualche altra parte. Avevo decisamente intenzione di blindare la fabbrica. Non mi piaceva l'idea che quei tizi ne facessero un'abitudine, specialmente con il numero di candele che stavano bruciando.

«Impacchettate tutto e non voglio che lasciate niente qui dentro. Quel poliziotto stava ficcanasando l'altro giorno. L'ho visto entrare qui con quella del panificio» spiegò George.

La mia bocca si spalancò. Sapevo che qualcuno mi stava osservando. Era solo un po' inquietante. Domani mattina, come prima cosa, avrei chiamato Gabriel e l'avrei supplicato di mettere quelle assi alle finestre.

Gli uomini impiegarono altri trenta minuti per raccogliere le loro cose e lasciare la fabbrica. Quando se ne furono andati, la mia gamba sinistra si era addormentata a causa della posizione scomoda in cui ero stata costretta a sedermi mentre loro quasi supplicavano i loro fantasmi di manifestarsi.

Aspettai ben quindici minuti prima di alzarmi e fare stretching, scuotendo la gamba per far ripartire la circolazione. Una volta che sentii che le gambe mi avrebbero retta, tornai ad attraversare il pavimento della fabbrica. Mi fermai a guardare la cera delle candele sul pavimento di cemento. Mi chiesi se in passato avessi trascurato quel dettaglio.

Scendendo le scale ed entrando nella stanza segreta, accesi la luce mentre scendevo. Presi una delle bottigliette d'acqua che tenevamo nel piccolo minifrigorifero e mi lasciai cadere sul divano per rilassarmi qualche minuto. Diedi un'occhiata alla stanza, osservando l'arredamento e chiedendomi se mia nonna si fosse seduta sullo stesso divano. Mi chiesi se fosse il suo fantasma che George stava cercando di evocare. Sarebbe stato divertente. Se la nonna fosse apparsa, sentivo che avrebbe fatto una ramanzina agli investigatori per averla disturbata e per essere entrati nella sua fabbrica.

Sorrisi al solo pensiero, sperando che venisse tutto ripreso dalle telecamere.

CAPITOLO QUINDICI

La mia pausa sul divano ebbe vita breve. Il debole suono di passi e voci filtrò fino a me. Ebbi meno di due secondi per correre all'interruttore e spegnere la luce prima che la porta in cima alle scale si aprisse.

«La luce era accesa?» la voce di mia madre arrivò giù per le scale.

«Non credo» rispose Lila.

Oh mio Dio, mia madre e la sua complice.

Afferrai la bottiglietta d'acqua e corsi a nascondermi dietro la sedia, pregando che non si accorgessero della mia presenza. Non era esattamente il miglior nascondiglio del mondo, ma se non avessero guardato con troppa attenzione, sarei stata al sicuro. O almeno speravo.

Non potevo credere alla mia sfortuna. La fabbrica era dannatamente affollata nel cuore della notte. E io che pensavo che le serrature servissero a tenere fuori la gente. A quel punto tanto valeva lasciare la porta socchiusa e invitare tutti a entrare.

«Quelle ragazze avevano proprio la luna storta stasera» commentò Lila.

«Già. Credo che dovremo dirgli qualcosa. Violet non è il tipo di ragazza che prende le cose per oro colato. Per questa sfortunata caratteristica do la colpa a mia madre» disse mia madre con una risatina.

Lila non sembrava divertita. «Beh, uno di questi giorni questo la metterà nei guai. Non riesci a tenerla a bada?»

Mi morsi il labbro. Avrei tanto voluto dirle esattamente cosa ne pensavo. Lila avrebbe dovuto impegnarsi molto di più se credeva di potermi far desistere.

«Non ho alcuna intenzione di tenerla a bada. È della sua determinazione che abbiamo bisogno, Lila. Quando noi non ci saremo più, saranno Violet e Daphne a capo della congrega».

«Di questo passo non ci sarà nessuna congrega. Credo che dovremmo iniziare a guardarci intorno. Non possiamo contare su quelle due per portare avanti le nostre tradizioni e i nostri rituali».

«Andiamo, mi sembra un po' esagerato. Sono nuove. Non avremmo dovuto tenerglielo nascosto così a lungo. Pensavo fosse per il meglio, ma sono giunta alla conclusione che sia stato un errore non dirglielo prima».

«Tua madre pensava che fosse per il meglio. Mi dispiace, perché in gran parte è stato per colpa mia e delle nostre marachelle» disse Lila, con un tono nostalgico nella voce.

«Oh beh, inutile piangere sul latte versato. Dobbiamo occuparci del problema più immediato, poi penseremo alle ragazze» disse mia madre.

Sentii aprirsi un armadietto. Stavano prendendo altri barattoli! Ero arrivata troppo tardi.

«Hai preso il resto?» chiese Lila.

«Credo di sì. Probabilmente è meglio ripulire tutto. Possiamo sempre farne di nuovi» rispose mia madre.

«Che peccato» commentò Lila con un sospiro. «Tutta questa storia. Ricordo di averli fatti con mia madre».

Rimasero in silenzio mentre ascoltavo altri rumori di movimenti. Stavo perdendo la pazienza. Non mi aspettavo di rimanere in fabbrica così a lungo, tanto meno di dovermi nascondere non a uno, ma a ben due gruppi di visitatori notturni.

Dopo quella che dovette essere un'altra ora, mia madre e Lila finalmente raccolsero le loro cose e uscirono dalla stanza. Aspettai, assicurandomi che se ne fossero andate per davvero prima di emergere dal mio nascondiglio. Con un sospiro, mi lasciai cadere su una sedia, pensando che stavolta non poteva esserci più nessuno a sorprendermi.

Misi una mano in tasca ed estrassi il telefono. Erano quasi le tre del mattino e non potevo credere di non aver concluso assolutamente niente. Non avrei dormito e non avevo cavato un ragno dal buco. Esitai un secondo prima di chiamare Daphne.

«Pronto» borbottò lei.

«Daphne, sono io, Violet» sbottai.

«Violet? Che succede? Che ore sono?»

«Sono le tre del mattino» dissi con un sospiro. «Scusa se ti ho svegliata».

«Perché mi chiami nel cuore della notte? Cos'è successo?»

«Non è successo niente, di preciso».

«Violet, davvero, se mi chiami a quest'ora, è meglio che tu abbia un buon motivo».

«Ce l'ho. Credo» mormorai, sentendomi all'improvviso un po' stupida per averla chiamata. Era una cosa che poteva benissimo aspettare.

La sentii sbadigliare. «Okay, ormai sono sveglia. Dimmi cos'è successo, perché so che qualcosa ti ha buttata giù dal letto».

«In realtà, non sono mai andata a letto» cominciai. «Ho deciso di tornare qui per prendere tutti i barattoli e seppellirli».

Si mise a ridere, poi si fermò di colpo. «Aspetta, dici sul serio?»

«Sì, ma non ho preso i barattoli. Non ho potuto perché sono rimasta bloccata a nascondermi nel seminterrato quando sono arrivati George e i suoi scagnozzi».

Daphne sussultò. «Stanotte?»

«Sì, stanotte. Un paio d'ore fa».

«E perché erano in fabbrica?»

Non riuscii a trattenere una risata mentre la aggiornavo sulla loro caccia ai fantasmi. Quando ebbi finito, stava ridendo insieme a me.

«Violet?»

«Sì?»

«Le telecamere. Se e quando torneranno a controllare le registrazioni, ti vedranno nella fabbrica».

«Oh, cavolo» dissi, rendendomi conto che aveva ragione. «Fantastico. E non troveranno solo me nelle registrazioni».

«Chi altro? La tua bisnonna Broussard?» scherzò.

«No, mia madre e Lila. Se ne sono appena andate».

Lei gemette. «Di nuovo?»

«Già. Erano qui per prendere il resto dei barattoli. Non ho ancora controllato se li hanno presi tutti, ma ho la sensazione di sì».

Rimase in silenzio per qualche istante. «Se ne sono andati e tu sei nella stanza?»

«Sì. Ero appena scesa dopo essermi nascosta in cantina per un paio d'ore. Mi sono seduta e, un attimo dopo, sono comparsi loro.»

«Probabilmente faresti meglio ad andartene da lì» sospirò lei.

«Lo farò. Stavo aspettando un po' per essere sicura che se ne fossero andati. Non posso credere a quanto sia facile per la gente entrare qui!» esclamai.

«Ce ne occuperemo. Per ora, vattene da lì. Ti direi di dormire un po', ma credo che ormai quel treno sia passato. Vai a casa, fatti una doccia e ci vediamo al forno tra un'oretta» disse lei con un sospiro.

Dopo aver riattaccato, seguii il consiglio di Daphne, andai a casa e mi feci una doccia calda. Ora che l'adrenalina era svanita, ero stanca morta. Nonostante la mia spossatezza, dovevo andare al lavoro.

Non avevo la più pallida idea di cosa fare. Quando entrai barcollando nel forno, Daphne era lì ad aspettarmi. Mi porse una tazza di caffè e mi ordinò di sedermi.

«Cosa vuoi fare?» chiese.

Stringendomi nelle spalle, dissi: «Non ne ho la più pallida idea».

Le spiegai cosa aveva detto Lila su di noi, cosa che la infastidì. Così come aveva infastidito me. Capivo che avessero aspettato a parlarci della nostra eredità e di tutto il resto, ma arrabbiarsi con noi perché eravamo preoccupate per i rischi non era giusto.

«Parla con Gabriel. Domani prenditi il giorno libero e fai blindare quella fabbrica. Ci andrò io stasera dopo il lavoro a prendere le schede di memoria delle telecamere. Non possiamo permettere che quei tizi scoprano che eri in cantina, o che Lila e Virginia erano lì. Se le telecamere sono posizionate con la giusta angolazione e vi vedono sparire in un muro, avremo dei problemi seri» disse.

«Oh, grazie. Sapevo di poter contare su di te per aiutarmi a capire cosa fare. Sta diventando un disastro. Mi sento come se fossimo su un treno in corsa diretto verso un binario morto.»

«Nota positiva, potrò vedere il loro rituale per evocare i fantasmi» disse, con gli occhi che le luccicavano.

«Oh, caspita! Dovrai farmi vedere quelle registrazioni. Io ho solo sentito, non ho potuto guardare.»

Lei sogghignò e poi si fece seria. «Forse dovresti provare a parlare con tua madre, a quattrocchi. Dille che stai pensando di andartene da Lemon Bliss. Magari questo la spaventerà abbastanza da farle sputare il rospo.»

«Come facevi a sapere che stavo pensando di tornare a Granger?»

Lei sorrise. «Ti conosco e, onestamente, anch'io ho accarezzato l'idea di trasferirmi. Per quanto ami questo posto e il forno, sono stanca di avere sempre la sensazione di poter essere portata in prigione o trascinata davanti a un plotone d'esecuzione.»

Capivo esattamente cosa stava dicendo. Lo stress non valeva la pena di vivere qui. «Non fare niente per ora. Parlerò con mia madre e spero che si lascerà convincere. Credo che parlerò anche con Gabriel per installare un sistema di sicurezza alla fabbrica.

Sarebbe un piccolo deterrente. Sto anche considerando seriamente di chiudere la stanza segreta.»

Daphne rise. «Sai che possono sbloccare qualsiasi serratura con un gesto della mano.»

«Devono rispettare la proprietà. Se vogliono continuare a incontrarsi lì, la cosa deve essere gestita diversamente. Con tutti questi sotterfugi, ce la stiamo proprio andando a cercare.»

«Sono d'accordo.»

«Va bene, è meglio che vada in cucina. Ho la sensazione che crollerò prima di mezzogiorno. Ho deciso che sono troppo vecchia per fare le ore piccole.» Presi un lento sorso del mio caffè.

Daphne ridacchiò. «Anch'io. Sono decisamente troppo vecchia per ricevere telefonate nel cuore della notte dalla mia amica che è nei guai. Pensavo che quei giorni fossero alle nostre spalle.»

Risi. «Secondo mia madre e Lila, siamo destinate a cacciarci nei guai fino a novant'anni. Ammesso che viviamo così a lungo, o che non finiamo in prigione per un crimine che non abbiamo commesso.»

«Pensi che in prigione abbiano i muffin? Non so davvero se riuscirei a campare per tutta la vita senza muffin.»

Scossi la testa. «Dubito che gli importi se sei soddisfatta dei tuoi pasti.»

«Okay, basta parlare di prigione o di morte. Dobbiamo mantenere un atteggiamento positivo. Andrà tutto bene. Noi staremo bene. Le nostre consorelle streghe si occuperanno dei loro veleni e non dovremo mai più preoccuparci che un'altra persona si senta male o venga uccisa nella fabbrica» disse con autorità.

«Davvero?» Inarcai un sopracciglio, chiedendomi se in quella tazza avesse bevuto qualcosa di più del semplice caffè.

«Se lo lanci nell'universo, ha più probabilità di accadere che se te lo tieni tutto imbottigliato dentro» affermò.

«Hai bisogno di dormire di più» ribattei, alzando gli occhi al cielo.

«Mi ringrazierai quando tutto si risolverà per il meglio. Vedrai» mi fece l'occhiolino, prima di voltarsi per preparare tutto sul bancone.

Vorrei poter credere alla sua filosofia, ma il mio lato pratico aveva la sensazione che stesse sognando. Sogni e realtà raramente si mescolano. Avrei sperato per il meglio e mi sarei preparata al peggio, facendo tutto il possibile per prevenire ulteriori disavventure. Era tutto quello che potevo fare.

CAPITOLO SEDICI

Aprendo il rubinetto, iniziai il noioso compito di dare l'acqua ai fiori intorno al giardino. Mia nonna si era dedicata con passione ai suoi fiori e a quanto pare aveva una magia che durava ancora, visto che erano quasi costantemente in fiore. Immaginai che ci dovessero essere cinquanta piante o più. Oltre alla varietà di colori, i boccioli profumavano l'aria davanti a casa. Sul retro, il limoneto era in piena fioritura.

Sorprendentemente, mi piaceva dare l'acqua ai fiori. Potevo starmene lì con la testa tra le nuvole, perdendomi nell'aroma inebriante dei vari fiori. Mentre spruzzavo l'acqua, pensavo a mia nonna che faceva la stessa cosa e ricordavo quanto amasse i suoi fiori.

Ero persa nei miei pensieri quando la voce di mia madre mi fece trasalire. Mi voltai di scatto, quasi inzuppandola con la canna dell'acqua.

«Scusa!» gridai, allontanando subito il getto da lei.

Lei sorrise, con il suo solito aspetto sereno. Non la vedevo così da più di una settimana. Era rassicurante, ma allo stesso tempo preoccupante.

«Non fa niente. Anche tua nonna era così. Diceva che i fiori la ipnotizzavano. La portavano in uno stato di trance che le dava una sorta di pace che poche persone potranno mai provare» disse lei con tono nostalgico.

«Che si dice? Sei tornata dalla tua visita alla spa d'emergenza?» chiesi.

Avevo provato a cercarla il giorno prima, solo per scoprire che lei e le altre donne erano andate fuori città per una presunta vacanza termale. Era stato tutto molto improvviso. Casualmente, la vacanza era iniziata la mattina dopo che lei e Lila erano state in fabbrica a rimuovere segretamente i misteriosi barattoli. Speravo di seguire il consiglio di Daphne e supplicare mia madre di essere sincera, solo per scoprire che lei e le sue amiche streghe se l'erano filata.

«Sì, siamo tornate e mi sento benissimo. È stata una bella fuga» disse, di nuovo con quel sorriso sereno. «Sai, Violet, potrei insegnarti a usare i tuoi poteri per creare una bellezza come questa» disse, allargando il braccio per comprendere le file di fiori. «Hai molti poteri inutilizzati.»

Inarcando un sopracciglio, riflettei sul suo cambio di atteggiamento. Un paio di giorni prima parlava di bandirmi o di legare i miei poteri, e ora voleva insegnarmi i trucchi del mestiere. Doveva essere stata una spa coi fiocchi.

«Mamma, non so nemmeno se voglio imparare altro sui miei poteri, o sulle streghe in generale, a dire il vero. Non mi sta andando molto bene.»

«Oh, Violet. Non puoi rinnegare le tue origini. Sono ciò che sei.»

Scossi la testa e chiusi l'acqua. «Non credo. Per ventiquattro anni sono stata solo me stessa e le cose andavano molto bene. Sono questa città e quella fabbrica che mi hanno fatto impazzire. A questo punto non so nemmeno se voglio rimanere a Lemon Bliss. Di certo non voglio dovermi preoccupare di quel mucchio di mattoni per il resto dei miei giorni.»

Il suo viso impallidì un po' mentre parlavo. Non era esattamente la reazione che mi aspettavo, ma speravo capisse che ero seria.

«Possiamo entrare e parlare?»

«Mamma» iniziai, ma lei alzò una mano, bloccando la mia protesta.

«Ti prego, Violet. Dobbiamo parlare. C'è stata molta tensione tra noi e voglio chiarire le cose.»

«Va bene» dissi, lasciando cadere la canna dell'acqua. Mi fermai a chiudere il rubinetto vicino al portico prima di entrare. Mia madre mi seguì, fermandosi ad annusare alcune delle rose in fiore.

Riempiti velocemente due bicchieri d'acqua e ghiaccio, mi sedetti sul divano, porgendole un bicchiere. Lei si sedette di fronte a me su una poltrona e bevve un sorso d'acqua prima di posarlo sul tavolino accanto a lei e congiungere le mani in grembo. Le cose stavano per farsi serie. Facendo un respiro profondo, cercai di calmare i nervi. Dovevo dirle quello che provavo e speravo che anche lei si sarebbe aperta con me.

«Mamma, ho fatto molte ricerche sull'aconito. Quella pianta è una cosa seria. So che è un ingrediente comune in molte delle pozioni usate dalle streghe. Ho letto il libro degli incantesimi e ho visto quante volte viene menzionato» sbottai.

«Sì, lo so. Fa parte della nostra storia.»

«Allora ti prego, dimmi perché tu e le altre siete così ermetiche al riguardo. Quando ve ne abbiamo chiesto, nessuna di voi ha nemmeno voluto confermare di usarlo.»

«Violet, ci sono cose che non hai ancora imparato. Vogliamo mostrare a te e a Daphne le antiche usanze. Le antiche usanze sono ciò che tiene viva la nostra arte. Ma non possiamo dirti tutto in un solo giorno. C'è molto da imparare e, come per la maggior parte delle cose, bisogna imparare facendo.»

Mi appoggiai allo schienale del divano, facendo del mio meglio per restare calma. «Le antiche usanze sembrano pericolose. Perché ne avete bisogno, innanzitutto?»

«È un ingrediente molto potente. Non è che puoi semplicemente sostituirlo con qualcos'altro e ottenere gli stessi risultati» spiegò, come se stessimo parlando della ricetta di una torta.

«Non siamo mai state negligenti e sappiamo decisamente come usarlo in sicurezza.»

«Mamma, ho letto che si usa per proteggere le case e le streghe dai lupi mannari. Stai seriamente cercando di dirmi che ci sono lupi mannari in giro e che avete bisogno dell'erba luparia per proteggervi?» chiesi, incredula alla sola idea.

Lei fece un gesto con la mano. «Beh, non ne sono rimasti molti, ma tendono a disprezzare quasi automaticamente tutti gli altri esseri soprannaturali.»

La mia bocca si spalancò. «Cosa?»

«Hai chiesto se dovevamo proteggerci dai licantropi. E ti dico di sì, è meglio prevenire che curare, quando si tratta di una cosa così semplice.»

Sbattei le palpebre. Non dovevo esserne sorpresa. «Esistono davvero i licantropi?»

«Certo, cara. Pensavi che fossero una finzione?»

«Sì. E perché mai avrei dovuto credere che degli uomini si trasformassero in lupi?» chiesi, senza nemmeno preoccuparmi di nascondere l'incredulità nel mio tono.

La mia intera visione del mondo stava cambiando. Avevo deriso l'idea che George indagasse sul soprannaturale. A quanto pare, quella che si sbagliava ero io.

«C'è così tanto che posso insegnarti se aprirai la mente e ti fiderai di me», disse.

«Vampiri?»

«Forse non del tipo che hai visto nei film», disse lei, facendomi l'occhiolino.

Scossi lentamente la testa. Tutti quei libri che mia madre mi leggeva quando ero bambina. Dovevano essere favole, non eventi di vita reale basati su creature realmente esistenti.

Mi diedi una scrollata mentale e mi concentrai sul presente. «Perché tieni in giro una cosa così pericolosa? Sul serio, mamma. Non puoi credere che verrai attaccata da un licantropo di questi tempi.»

«Non si usa solo per quello scopo. Come ti ho spiegato, ha

molti usi. So che i nostri rituali possono sembrarti sciocchi, ma la nostra arte si basa su pratiche usate da secoli. Hai mai sentito il detto "squadra che vince non si cambia"? La nostra arte non è fallata. Non abbiamo bisogno di modificare le cose solo per stare al passo con i tempi moderni», spiegò.

Scossi la testa. «Ho letto che l'aconito, lo strozzalupo, veniva usato per fare l'unguento per le mosche. Non vedo perché non puoi usare le strisce acchiappamosche come tutti gli altri. Non dirmi che questo cambiamento sconvolgerà secoli di credenze e rituali.»

La sua risatina scatenò la mia irritazione, ma io non lo trovavo per niente divertente.

«Oh cara, non unguenti per le mosche. Unguenti *per volare*», chiarì. «Come le streghe sulle scope che volano in giro.»

«Che cosa significa?» chiesi. «L'unguento si strofina sulla scopa e si può partire per un volo di mezzanotte? Mamma, andiamo. Non puoi pretendere che io ci creda.»

«Gli unguenti per volare si usano in numerosi rituali. Quando una strega vuole volare da qualche parte, si usa un po' di unguento. Questi stessi unguenti possono essere usati per mutare forma in un gufo, un'aquila o qualsiasi altra cosa la strega desideri», spiegò.

Non riuscivo a parlare. Quella donna era chiaramente uscita di senno. «Gli unguenti per volare ti fanno volare?» chiesi.

«Non il tuo corpo fisico, no. È un'esperienza spirituale.»

«Quindi, hai le allucinazioni?»

Alzò gli occhi al cielo. «Sì e no. C'è un po' di più. Esistono unguenti diversi per esigenze diverse. Se usata correttamente, l'esperienza è sia liberatoria che illuminante.»

«Usate piante velenose per fare questi unguenti?»

«A volte, ma sappiamo come usarle. Le pomate e gli unguenti si usano in piccole dosi. Questa è una delle cose che impareresti quando deciderai di immergerti nella comprensione dei nostri antenati», disse dolcemente.

Scossi la testa. «Non credo di potercela fare, mamma. Non ho una particolare voglia di avere allucinazioni o di usare una pianta velenosa.»

Lei sorrise. «Cara, tutte noi abbiamo usato gli unguenti, numerose volte, e stiamo tutte benissimo. Stiamo bene perché ce lo hanno insegnato le nostre madri, che lo hanno imparato dalle loro madri, e così via. Sono le persone che non hanno idea di come usare gli unguenti a finire nei guai. Sì, le persone si sentono come se stessero volando quando usano quella roba. È quello l'obiettivo», mi fece l'occhiolino. «Il problema è che le persone inette cercano di buttarsi dagli edifici. C'è un modo giusto e un modo sbagliato di fare qualsiasi cosa nella stregoneria.»

Mi sporsi in avanti. Era sincera. Volevo essere onesta e dirle esattamente perché esitavo a tuffarmi nel suo mondo di stregoneria.

«Mamma, Harry è stato avvelenato con l'aconito. Era in quella fabbrica e ha messo te e tutte noi a rischio. Tu e Lila avete detto innumerevoli volte che fareste qualsiasi cosa per proteggere la congrega e i vostri segreti personali», dissi, scandendo ogni parola.

«Sì, l'ho detto. E so cosa ha detto il medico legale sul giovane Harry.»

Annuii. «Penso che tu o Lila, o forse tutte e quattro, abbiate usato uno di quegli unguenti per volare per uccidere Harry.»

Lei serrò la bocca e le sue labbra formarono una linea sottile. La fissai, in attesa della sua reazione.

«Questo non è vero», sibilò. «Come osi accusarmi di una cosa così orribile? Non farei mai del male a nessuno.»

Feci spallucce. «Non ne sarei così sicura, mamma. Ti sei comportata in modo piuttosto losco ultimamente. Nascondendo barattoli con le tue piccole misture speciali. Essendo riservata e facendo cose che non mi sarei mai aspettata da te.»

Si alzò in piedi e mi guardò dall'alto in basso. «Non ci posso credere. Vergognati, Violet. Non so come ti sia potuta venire in mente un'idea del genere, ma è offensivo. Non resterò qui un minuto di più ad ascoltarti mentre mi accusi di omicidio.»

La guardai uscire furiosa dalla porta d'ingresso, sbattendosela forte alle spalle.

«Mmh, è andata bene», borbottai nella stanza.

Fissando la porta, mi resi improvvisamente conto di una cosa. In realtà, non aveva mai negato.

Una morsa di tensione mi strinse lo stomaco.

CAPITOLO DICIASSETTE

Dopo che mia madre se ne fu andata, cominciai a camminare avanti e indietro. L'istinto di fuggire era fortissimo. Volevo correre di sopra, fare la valigia e guidare fino in California. Volevo andare il più lontano possibile da Lemon Bliss e dalla congrega.

Un suono interruppe i miei piani e abbassai lo sguardo sul tavolino per vedere il nome di Gabriel illuminare lo schermo del mio telefono. Lo afferrai al volo.

«Pronto?»

«Che succede?» mi chiese subito, conoscendomi fin troppo bene.

«Niente. Tutto. Non lo so. Mia mamma è appena andata via e non ci siamo lasciate in buoni rapporti» sbottai.

«Sono da te tra poco» disse, e riattaccò.

Fissando lo schermo, avrei voluto dirgli di non venire perché stavo per andarmene, ma non riuscii a farlo. Odiavo scappare dai problemi, ma stavo andando fuori di testa. Volevo rinunciare ai miei diritti sull'attività di famiglia e andarmene da lì il più in fretta possibile.

Mi chiesi se Daphne sarebbe voluta venire con me. Sapevo che lei era più indecisa di me. Non era del tutto contraria alla stregoneria. Non che io fossi contraria alla stregoneria, di per sé. Era stato uno shock scoprire di avere dei poteri, ma tutto quel trambusto per il soprannaturale a Lemon Bliss mi stava stressando seriamente. Be', quello e la morte di due persone.

Smisi di camminare avanti e indietro e pensai a quanto ci eravamo divertite, Daphne e io, a scoprire i nostri poteri. Usarli per gioco andava bene. Era persino piacevole. Era tutto il resto che non mi piaceva.

Potevo avere una cosa senza l'altra? E se fossi stata in California, a godermi la mia vita senza magia, e uno di quei poteri che non sapevo di avere si fosse manifestato all'improvviso? E se avessi fatto esplodere qualcosa per sbaglio, o se fossi rimasta bloccata nel traffico e la mia frustrazione avesse finito per trasformare qualcuno in un rospo? Mi sentivo una bomba a orologeria. Quello che dovevo fare era isolarmi.

Potevo trasferirmi in una piccola baita in alta montagna e non vedere mai più nessuno. Non avrei dovuto preoccuparmi di uccidere qualcuno per sbaglio, o di usare i miei poteri contro un essere umano innocente.

«Ecco cosa farò!» dissi con fermezza.

Non dovevo lavorare. Avevo l'eredità di mia nonna in banca. Tutto cominciava a prendere forma nella mia mente. Corsi in cucina, afferrai carta e penna e cominciai a scrivere furiosamente, facendo liste di ciò che dovevo fare. Era il mio piano di fuga!

«Cosa stai facendo?» La voce di Gabriel mi spaventò.

Alzai la testa da dove ero stata china a scrivere sul bancone. «Cosa?»

«Ti ho chiesto cosa stai facendo. Ho suonato il campanello e non hai risposto. Non mi hai sentito?»

Scossi la testa. «No, non ti ho sentito. Ero assorta nei miei pensieri, immagino.»

«Cosa stai scrivendo?» chiese, prendendo il foglio dal bancone.

I suoi occhi si strinsero mentre leggeva la mia grafia scarabocchiata. «Cos'è questo? Ti trasferisci?»

«Non posso restare qui, Gabriel. Semplicemente non posso.»

Mi prese la mano, posò il blocco note sul bancone e mi attirò a sé. «Vai a cambiarti. Usciamo un po' dalla città.»

Annuii, grata per la distrazione. Corsi di sopra e mi cambiai in fretta, indossando jeans e una camicetta. Non avevo idea di dove stessimo andando, ma volevo stare comoda ed essere pronta a tutto.

Quando tornai di sotto, il panico che avevo provato prima si era un po' placato. Gabriel aveva questo effetto su di me. Riusciva a calmarmi quando stavo per perdere il controllo. Mi sarebbe mancato quando mi sarei trasferita.

Guidammo in silenzio fino a Ruby Red. Stavo ancora rimuginando su come avrei fatto a vivere da sola per il resto della vita. Era un pensiero spaventoso, ma immaginai che una volta abituata, sarebbe andato tutto bene. Avrei potuto avere volpi o orsi o qualsiasi altro animale domestico. Avrei potuto usare la mia magia per addomesticarli, ammesso che riuscissi a capire come fare.

«Hai fame?» chiese lui.

«Sì» dissi, rendendomi conto che stavo morendo di fame.

Era un pranzo tardivo, il che significava che il ristorante italiano che aveva scelto era abbastanza vuoto. Era una buona cosa. Non mi andava di stare in mezzo alla folla.

«Okay, dimmi cos'è successo con tua madre, e non dire niente perché è stato ovviamente qualcosa di grosso. Sei pronta a gettare la spugna e a scappare sulle montagne. È una cosa seria» disse, guardandomi dritto negli occhi.

Feci un respiro profondo e gli raccontai tutto. Quando ebbi finito, aveva un'espressione angosciata sul viso. «Wow» mormorò.

«Non è la parola che userei io, ma sì, wow davvero» dissi, ridendo.

«Non posso credere che usino quella roba» borbottò. «È LSD?»

«Non lo so» feci spallucce. «Sembra simile. Daphne ha un

libro che parla delle varie piante usate in molti dei rituali. Molte hanno proprietà allucinogene.»

Scuoteva la testa. «Non riesco a immaginare zia Coral che si fa i viaggi.»

«Mi dispiace. Non ti ho detto niente di tutto questo prima perché non volevo che pensassi che stessi accusando Coral di qualcosa. Volevo scoprire di più prima di dire qualsiasi cosa» spiegai.

«Va tutto bene. Non credo che mia zia possa fare qualcosa di così subdolo, ma posso provare a chiederglielo.»

«Davvero?»

Lui alzò una spalla. «Certo, perché no. Mi parla di cose di cui non crede di poter parlare con le altre donne. Sono un estraneo, quindi per certi versi sono al sicuro.»

«Sei sicuro di non essere arrabbiato per il fatto che ho praticamente accusato tua zia di essere un'assassina?»

«Violet, onestamente non credo che nessuna di loro abbia avvelenato Harry intenzionalmente. Ma ammetto di aver avuto i miei sospetti sulla fonte del veleno. Non volevo dirti niente perché pensavo che me lo stessi nascondendo» disse con un sorriso. «Credo che dobbiamo imparare a fidarci un po' di più l'uno dell'altra.»

Sostenendo il suo caldo sguardo azzurro, sorrisi. Per la prima volta in una settimana, mi sentii calma. «Come glielo chiederai a Coral?» domandai.

«Non so. Penso che comincerò da George. So che lei è molto turbata dal fatto che lui sia ancora in città. Lo sono state tutte, e so quanto sono protettive, specialmente riguardo alla fabbrica» disse, scuotendo la testa.

«Quella fabbrica è l'incubo della mia esistenza» borbottai.

«Capisco perché volevi sbarrare tutto, e penso che sia una buona idea. Domani posso prendere del legname. Se quel veleno è lì dentro, non vogliamo che qualcun altro ci metta le mani sopra» disse, con una smorfia. «Sul serio, se è così tossico, dovrebbe essere tenuto in cassaforte o qualcosa del genere. Hai detto che ne hanno dei barattoli in giro?»

«Non in bella vista, ma nelle credenze. Ho trovato un barattolo nel seminterrato di Lila. A dire il vero, non so con certezza cosa ci fosse nel barattolo.»

«Comunque, non è sicuro. C'è sempre la possibilità che qualcuno possa trovarlo per caso.»

«Chissà cosa dirà Coral» disse, prima di dare un morso alla sua pizza. «Non credo che negherà tutto, ma non so neanche se ammetterà ogni cosa apertamente.»

«Devi stare attento, Gabriel. Avresti dovuto sentire come mia madre e Lila parlavano di me e Daphne, come se fossimo delle seccature di cui sbarazzarsi. Mi aspetto quasi che mi cancellino la memoria o qualcosa del genere. Se un giorno mi sveglio e non ti riconosco o all'improvviso non so più niente di streghe e lupi mannari, saprai perché.»

Lui ridacchiò. «Sarebbe davvero così terribile?»

«In realtà, no, non lo sarebbe. Spero solo che, se hanno intenzione di farlo, non mi provochino un'amnesia totale.»

«Puoi lanciare un incantesimo su te stessa?» chiese lui, pensieroso.

Feci spallucce. «Non ne ho idea, ma capisco dove vuoi arrivare. È una buona idea. Potrei cancellare dalla mia memoria tutto ciò che riguarda le streghe.»

«Forse è meglio di no. Sei nuova con gli incantesimi. Mi dispiacerebbe se ti friggessi il cervello. Mi piace così com'è» disse, sfoggiando un sorriso affascinante.

«Oh, che dolce, ma Gabriel?»

«Sì, Violet?»

«Per favore, sta' attento.»

«Violet, mia zia è una delle donne più dolci e gentili che io conosca. Non mi farà del male. Non condannarle finché non conosci tutti i fatti. Harry potrebbe aver trovato la pianta vera e propria da qualche altra parte. Non c'è prova che sia stato avvelenato nella fabbrica.»

«Beh, sappiamo che era lì dentro» dissi, per poi raccontargli di George e degli altri nella fabbrica e di quello che avevano detto.

«Primo» disse lui, alzando un dito. «Voglio vedere quei video, se Daphne li ha recuperati. Secondo, se gli unguenti erano nella stanza segreta della congrega, non c'è modo che Harry possa essere stato esposto a quei particolari barattoli.»

Annuii in accordo. «Sì, ma se ci fossero stati dei barattoli dall'altra parte del seminterrato?»

Lui fece spallucce. «Non lo sappiamo. Non credo che George ammetterà di essere stato nella fabbrica in generale, figuriamoci di aver frugato tra le scatole.»

«So cosa fare!» esclamai, mentre un'idea mi balenava in testa. «Lanceremo un incantesimo della verità. Dovrà dirci quello che sa!»

Gabriel annuì. «Sì, funzionerebbe, se lui sa come è stato avvelenato Harry.»

Feci una smorfia. «Accidenti. Non capisco come abbia fatto ad ammalarsi solo uno di loro.»

«Forse Harry stava conducendo un'indagine secondaria di cui non voleva che gli altri sapessero nulla» suggerì Gabriel.

«Possibile. Vorrei che Harold ci dicesse come procedono le indagini. Io non sono andata da lui e lui non mi ha chiamata né si è fatto vedere in pasticceria. Non voglio chiedere per non sembrare troppo interessata. Mi farebbe sembrare colpevole, ma muoio dalla voglia di sapere.»

Lui sorrise. «Penso che se Harold sospettasse che tu o le altre donne c'entriate qualcosa, si farebbe sentire eccome.»

Scossi la testa. «Non se Lila gli ha lanciato un'altra fattura.»

«Violet, c'è la possibilità che Harold non sia affatto coinvolto nelle indagini» disse Gabriel.

«Sai che c'è? Siamo qui per distrarmi da tutta questa roba. Non voglio più parlarne. Niente più "forse" o "e se". Voglio godermi il tempo con te. Se dovessi scappare a gambe levate, voglio avere dei bei ricordi da portare con me.»

«Tu non scapperai da nessuna parte. Non te lo permetterò.»

Sorrisi e scossi la testa. «Mi dispiace, Gabriel, ma non hai scelta. Non resterò a Lemon Bliss un'altra settimana se si scopre che la morte di Harry è stata un omicidio a sangue freddo. Non resterò se si rivelerà che mia madre e le altre streghe sono state negligenti e hanno causato la morte di quell'uomo.»

Lui alzò entrambe le mani in segno di resa. «Ricevuto. Allora, dovremmo parlare di calcio, di baseball o di basket? O meglio ancora, del tempo?»

Ridacchiai. «Grazie.»

Dopodiché, ci rilassammo un po' entrambi e ci godemmo la cena. Quando accostò davanti a casa mia, gli chiesi di restare. Non volevo stare da sola. Non avevo paura, ma avevo la sensazione che i miei giorni con Gabriel fossero contati e volevo godermi ogni minuto possibile.

CAPITOLO DICIOTTO

La mia solita passione per la pasticceria era svanita. Non mi dava più la stessa gioia di sempre. Tutto nella mia vita sembrava fuori posto. Lo stress costante e la mancanza di sonno mi facevano sentire come se avessi il doppio dei miei anni. Capivo che anche Daphne si sentiva allo stesso modo.

Nessuna delle due si era detta granché per tutto il giorno. Avevamo agito meccanicamente, infornando e servendo i clienti. Dopo la chiusura della pasticceria, Daphne venne in cucina, aprì la sua borsa enorme e tirò fuori una bottiglia di vino.

«Ho bisogno di bere, e so che ne hai bisogno anche tu», annunciò, versando il liquido rosso in due tazze da caffè. Visto che qui non avevamo calici da vino, erano perfette.

Ne presi una lunga sorsata, guardandola. «Grazie, ne avevo bisogno».

«Vuoi raccontarmi cos'è successo ieri?», chiese.

Alzai gli occhi al cielo. «È stato terribile».

«Ho sentito una versione della storia. Aspettavo di sentire la tua».

Le feci un riassunto della conversazione con mia madre. Lei annuiva, come se sapesse già cosa stavo per dire.

«Ti comporti come se lo sapessi già», dissi, un po' sospettosa. «Ti ha parlato mia madre?».

Scosse la testa. «No, ma mia madre ha parlato con me e mi ha fatto lo stesso discorsetto. Immagino che siamo state l'argomento di discussione mentre erano via. Il loro primo approccio non ha funzionato, così hanno deciso di fare le gentili, cercando di lusingarci per farci tornare all'ovile. Tu lo farai?», chiese.

Feci spallucce e bevvi un altro sorso dalla tazza. «Non lo so».

«Mi ha fatto il discorsetto quando sono piombata a casa sua senza preavviso. Non sapevo nemmeno che fosse tornata in città. Speravo di dare un'occhiata in giro per casa. Quando sono arrivata, stava caricando delle scatole nel bagagliaio della macchina».

«Altre scatole?», chiesi sorpresa. «Quanti di quei barattoli hanno? Se hanno casse di questo cosiddetto unguento per volare, cosa ci fanno veramente?».

Daphne scosse la testa. «Non ne ho idea, ma non credo che accetterò mai più niente da mia madre o da nessuna delle altre signore. Anche se non stessero cercando di avvelenarmi, preferirei non fare un volo non programmato», disse con una risatina.

«Non posso credere che abbiano così tanta di quella roba».

«Perché? Non capisco perché a loro piaccia giocare con il veleno. Che vantaggio potrebbe mai avere? Voglio dire, onestamente, quando è stata l'ultima volta che sono state attaccate da un lupo mannaro o da un vampiro? E se è successo di recente, non avrebbero dovuto avvertirci che era una possibilità?».

Risi. «Non sono sicura che ci avrei creduto se una di loro mi avesse detto di fare attenzione a un lupo mannaro».

Lei ridacchiò. «Ho conosciuto alcuni uomini estremamente pelosi. Chissà se erano lupi mannari».

«Ti ricordi quella volta che siamo rimaste a dormire a casa tua? Credo avessimo circa dieci anni. Le nostre madri stavano cucinando quello che chiamavano stufato in cucina. Ti ricordi che puzza?» chiesi.

Annuì. «Come potrei dimenticarlo? Stavo pensando a quanto

sarebbe stato cattivo quando ce l'avesse servito per cena il giorno dopo. Non mangiammo mai quello stufato».

«Doveva essere una delle loro pozioni o unguenti», dissi, scuotendo la testa. «E se stessero usando ingredienti tossici? E se avessimo toccato per sbaglio il cucchiaio o assaggiato quella roba?», chiesi con orrore.

«Aspetta! Mi ricordo di quando mio padre se n'è andato. Mia madre non era neanche triste. Pensi che...». Lasciò la frase in sospeso.

Non ce ne fu bisogno. «Tutti i mariti sono morti giovani o sono scomparsi», mormorai.

«Mia madre la chiamava una maledizione, ma se fosse stata opera loro? Anche mia nonna era single. Anzi, l'unica donna Broussard ad aver avuto un marito fino al giorno della sua morte è stata la mia trisavola».

Daphne sembrava pensierosa. «Ora che ci penso, non ho mai conosciuto mio nonno».

«Strano. Adesso che ripenso alla mia infanzia, sono successe un sacco di cose strane. Ti ricordi la casa di quella donna che andò a fuoco?».

Daphne annuì. «Sì. Ricordo che a mia madre non era minimamente dispiaciuto per lei. C'era una cassetta per le donazioni alla cassa del negozio di alimentari e quasi si strozzò quando le chiesi se potevamo metterci dei soldi».

«Ho sentito mia madre e mia nonna parlarne. Erano contente che tornasse a casa sua, in qualche posto lontano. Pensai che fosse una cattiveria, ma ora mi chiedo se non abbiano appiccato loro l'incendio per cacciarla dalla città».

Tra noi calò il silenzio. Riuscivo a ricordare innumerevoli episodi in cui le cose sembravano strane, ma mia madre aveva sempre una scusa. Immaginavo che ora si trattasse del suo uso della stregoneria.

«Pensi che abbiano terrorizzato Lemon Bliss per tutto questo tempo?», chiese Daphne.

«Non lo so, ma spiegherebbe perché se ne stanno molto per

conto loro. Nessuno parla veramente con loro, o di loro. È come se fossero una specie di famiglia reale di Lemon Bliss. Quando entrano in un posto, vedi come gli altri le guardano. Sai, una cosa del tipo 'guardare ma non toccare'».

Annuì. «E Darlene le odiava per quello che la sua famiglia aveva subito. Abbiamo creduto alla storia raccontata dalle nostre madri che dava la colpa agli antenati di Darlene, ma chissà, forse erano i nostri antenati ad avere torto. Sono sempre state le bulle che cacciano dalla città le persone che non gli piacciono?».

«Wow. Non so cosa pensare», borbottai. «Ma sto seriamente considerando il mio piano di trasferirmi in una baita isolata».

«Di cosa stai parlando?», chiese, sgranando gli occhi mentre tracannava il vino.

Emisi un lungo sospiro e le raccontai il mio piano. Per tutto il tempo in cui parlai, lei scuoteva la testa. «Non puoi farlo. La pasticceria!».

«Puoi tenerla tu. Ti cederò volentieri la mia metà. Non voglio più farlo, Daphne. Sono stanca», dissi, con tutta l'emozione e la frustrazione che trasparivano dalla mia voce.

«Questa cosa non succederà. Non ci cacceranno dalla città dopo che si sono date tanto da fare per farci venire qui. Tu non sei una che molla. Ti conosco. È solo un piccolo intoppo. Rimarremo e combatteremo. Reagiremo» insistette lei.

«Non so se ne ho voglia.»

Batté una mano aperta sul grande bancone. «Sì, che ne hai voglia.»

Sorrisi. «Qual è il tuo piano? Non è che abbia paura di loro, ma non voglio essere associata ai loro comportamenti. Non credo che volare ovunque mi porti quell'unguento sia in cima alla lista delle cose che desidero fare. Non ti ricordi di quella volta che abbiamo preso i funghetti?»

Lei scoppiò a ridere. «Oh, cavolo. Non me lo ricordare.»

Annuii. «Ecco perché non ho alcuna intenzione di volare, trasformarmi o fare qualsiasi altra pazzia.»

«È tutto così difficile da immaginare» disse lei, scuotendo la testa. «Le nostre madri!»

«Gabriel proverà a parlare con Coral» dissi, aspettandomi la prossima esplosione.

«Cosa! Sei impazzita?» strillò lei.

Era la reazione che mi aspettavo. Era un'idea folle e sapevamo entrambe cosa sarebbe potuto succedere. Gli uomini associati alle donne che conoscevamo non tendevano a restare a lungo.

«Ha insistito lui. Penso che Coral sia probabilmente la meno pericolosa di tutte» razionalizzai.

«Se lo pensi tu» ribatté lei.

«Sbrighiamoci. Voglio andarmene da qui. Voglio bere vino, raggomitolarmi a letto e dimenticare che tutto questo stia accadendo.»

«Forse dovrei chiamare Harold e chiedergli cosa ha scoperto l'indagine?» suggerì Daphne.

«No! Penserà che tu sappia qualcosa.»

«Ma io so qualcosa» disse lei seccamente.

«In realtà, forse è una buona idea. Posso chiamare io e chiedere se devo preoccuparmi per la fabbrica. Gli dirò che sto sbarrando le finestre e le porte con delle assi per renderla inaccessibile. Magari mi sgancia qualche informazione.»

Lei annuì, con gli occhi che le si illuminavano. «Tentar non nuoce. Chiamalo!»

L'orologio segnava le cinque passate. Speravo fosse ancora nel suo ufficio. Afferrai il telefono, cercai il numero e aspettai che la sua segretaria rispondesse.

C'era. Mi voltai e feci il pollice in su a Daphne. Lei ricambiò con un gran sorriso.

«Salve, Harold, sono Violet. Ha qualche minuto?»

Chiesi dell'indagine e gli esposi i miei piani per la fabbrica. Non volle darmi alcuna informazione concreta sull'indagine, ma disse che non vedeva alcun problema nel fatto che io sbarrassi il posto. Anzi, disse che era sollevato che stessi prendendo provvedimenti per metterlo più in sicurezza.

Riattaccai il telefono, senza sapere nulla di più, ma sentendomi un po' meglio. Se non altro perché avevo la sensazione di aver fatto qualcosa.

«Daphne, hai controllato quelle schede di memoria?» chiesi, ricordandomi solo in quel momento che aveva detto che l'avrebbe fatto.

Sgranò gli occhi. «No! Me ne sono completamente dimenticata! Andiamo a prenderle!» disse, impaziente.

Feci un gran sorriso, pregustandomi un po' di divertimento.

«Prendi il tuo portatile» dissi, pulendomi le mani e mettendo via tutto in fretta.

Lei andò davanti a prenderlo da sotto il bancone. Chiudemmo a chiave il panificio e andammo in macchina alla fabbrica, senza curarci di chi ci vedesse entrare. Usammo la porta principale ed entrammo, sfidando chiunque a notarci.

«Come arriviamo lassù?» chiese, indicando una delle telecamere montate nell'angolo.

Mi guardai intorno, trovai una cassa di legno vuota e la spinsi verso di lei. Tenni ferma la cassa mentre lei ci saliva sopra e tirava fuori la scheda di memoria.

«Ne metti una nuova?» chiesi.

«Non finché non avremo finito qui dentro.»

«Ottima idea. Sapevo che c'era un motivo per cui eravamo amiche» la presi in giro.

«Non chiedermi come faremo a sostituire tutte le schede senza che ci riprendano» scherzò lei.

«Uff, non ci avevo pensato. Lasciamo le schede fuori. Penseranno di aver dimenticato di inserirle. O almeno spero. Comunque non avranno prove del contrario» dissi, senza preoccuparmi affatto che gli intrusi mi vedessero manomettere la loro attrezzatura. Dopotutto, questa era la mia fabbrica.

«Per me va bene. Portiamo questo di sotto» disse lei, portando il portatile verso la porta nascosta.

Le andai dietro, ansiosa di vedere cosa ci fosse sulle schede di memoria.

Ci spaparanzammo sul divano. Lei inserì la prima scheda, e vidi per la prima volta Dale Jr. e Stan. Quando apparve il filmato del loro tentativo di evocare il fantasma, scoppiammo entrambe a ridere. Era una risata di cui avevamo un gran bisogno dopo una settimana stressante.

«Quasi mi dispiace per loro» dissi.

«Perché?»

«Vogliono così tanto vedere un fantasma. Forse dovremmo architettare qualcosa» suggerii.

«Assolutamente no, poi ti ritroveresti orde di cacciatori del soprannaturale che sgomitano per entrare qui.»

«Forse potrei far pagare un biglietto. Potremmo stabilire un programma per un solo gruppo alla volta» riflettei.

«E le signore come farebbero ad arrivare alla loro stanza segreta?»

«Oh, già. Va bene, d'accordo. Tornerò a sbarrare tutto e a chiudere a doppia mandata.»

Lei si appoggiò allo schienale del divano, con il viso rivolto al soffitto. «Violet, ho un'idea.»

Avevo paura di chiedere.

CAPITOLO DICIANNOVE

La sua idea non era poi così allettante, ma la assecondai. Era ora di mettere le carte in tavola. Fu come strappare via un cerotto. Dovevamo farlo in fretta e toglierci il dente in un colpo solo, invece di tirarla per le lunghe.

Camminavo nervosamente avanti e indietro nell'area salotto della stanza segreta. «Avremmo dovuto portare qualcosa da mangiare.»

«Beh, quando siamo venute qui non avevo intenzione di fermarmi.»

Daphne aveva deciso che una riunione della congrega ci avrebbe dato la possibilità di vuotare il sacco. Se le altre streghe si fossero rifiutate di ascoltare la voce della ragione e avessero insistito a portare avanti la loro farsa, io e lei eravamo pronte a lasciare la congrega per sempre.

«Spero sia una riunione breve. Ho fame» mi lamentai.

«Devo andare a spostare la macchina sul retro. Credo di avere una barretta ai cereali lì dentro. Puoi prenderla tu» disse, salendo le scale.

Non passò molto tempo prima che mia madre e le altre donne arrivassero. La tensione era palpabile. Eravamo io e Daphne contro tutte loro. Lo sapevamo noi e lo sapevano loro.

«Di che si tratta?» chiese Magnolia. «Ci avete fatte venire tutte quaggiù per qualcosa.»

«Sì, è così. Dobbiamo parlare e vi chiedo di essere tutte oneste con noi. Dovete capire che io e Violet siamo disposte a lasciare tutto se non sentiremo che siete sincere con noi» esordì Daphne.

Lila sbuffò. «Oh, ma per favore. Voi ragazze state solo facendo i capricci. È ora che cresciate e capiate che non potete ottenere sempre tutto quello che volete.»

«Lila, per favore» la interruppe Coral. «Lasci che dicano quello che hanno da dire.»

Le rivolsi un sorriso, ringraziandola silenziosamente per il sostegno.

«Pensiamo che una o tutte voi abbiate avuto a che fare con la morte di Harry» sbottai.

Le espressioni scioccate e inorridite sui volti delle donne che avevo sempre considerato come delle seconde madri erano un po' tristi, ma era una cosa che andava detta.

«Violet» mi ammonì mia madre. «Ne abbiamo parlato.»

«No, ne hai parlato tu e poi te ne sei andata infuriata. Mamma, so che tu e Lila avete portato via gli unguenti e gli altri barattoli di pozioni da qui.»

Lei inarcò un sopracciglio. «Ah, davvero? E come faresti a saperlo?»

«Perché ero qui. Vi ho sentite parlare. Ho sentito Lila dirti di tenermi a bada, oh aspetta, le sue parole sono state di *domarmi*» dissi, lanciando un'occhiataccia alla donna dai capelli color lavanda.

Il viso di Lila divenne rosso per l'accusa.

«Lila?» disse Magnolia, voltandosi a guardare l'amica. «Ha detto questo?»

«Non è tutto quello che ha detto. Ha anche suggerito di cercare altre streghe per prendere le redini della congrega, perché io e Daphne non eravamo all'altezza.»

«Lila!» balbettò Magnolia. «Non spetta a Lei prendere questa decisione!»

Lila scoppiò in lacrime, ma non mi sentii minimamente in colpa. Coral scuoteva la testa. Mia madre sembrava che avesse masticato chiodi. Io e Daphne ci mettemmo comode e aspettammo che una di loro cercasse di negare i loro piani.

Nessuna lo fece.

Fu Magnolia che alla fine guardò prima Daphne, poi me. «Non posso credere che voi due abbiate mai potuto pensare che avremmo fatto del male a qualcuno.»

Daphne alzò gli occhi al cielo. «Sospettiamo che siano successe molte altre cose nel corso della nostra vita che voi tutte avete tenuto segrete. Fingervi innocenti adesso non aiuterà.»

«Daphne! Non farei mai del male a nessuno, men che meno uccidere un'altra persona. Quello significherebbe spingersi nelle arti oscure e da lì non si torna indietro» la rimproverò, ma addolcì subito il tono. «Non voglio che pensi questo di me.»

«Qualcuna deve iniziare a parlare. Per favore, non ci propinate nessuna frase sulla protezione della congrega o cose del genere. Abbiamo capito. Ciò non significa che possiate causare un grave danno a qualcuno e poi collaborare per nascondere le prove» dissi.

Mia madre prese la parola e cominciò a parlare. «Sì, c'erano unguenti conservati qui. Molti di essi più vecchi di questo edificio. In effetti, la stanza in cui vi trovate ora era qui prima della fabbrica. Era un covo segreto sotterraneo per le streghe che viaggiavano da ogni dove per praticare qui. Questa era la loro stanza santuario.»

«Cosa?» chiesi meravigliata.

Lei annuì. «La fabbrica fu costruita sopra la stanza dopo che la casa originale fu demolita. Fu la sua bis-bisnonna a lanciare un incantesimo sui costruttori di allora perché dimenticassero ciò che avevano visto quando iniziarono i lavori. Questa stanza è stata usata da streghe di diverse congreghe. Contiene un grande potere. Gli unguenti erano conservati qui per sicurezza, perché nessun mortale può vedere la stanza.»

«Allora come ha fatto Harry a mettere le mani sul veleno?» chiese Daphne.

Fu Magnolia a rispondere. «Come abbiamo detto, non siamo le uniche streghe a usare questo spazio. Poiché ogni unguento varia negli ingredienti, alcuni molto più potenti di altri, dovevamo tenerli separati. Anni fa, abbiamo rimosso alcuni degli unguenti che si erano rivelati estremamente potenti. Delle streghe inesperte avevano preparato gli unguenti ed erano pericolosi. Ritenemmo fosse meglio spostarli lontano dagli altri per evitare altri incidenti.»

«Incidenti?» dissi, inarcando un sopracciglio.

«Molti, molti anni fa, una giovane strega è morta qui. Aveva tentato di cambiare forma e aveva usato un unguento che era decisamente troppo potente per il suo corpo.»

Annuii, ricordando l'omicidio di cui avevo sentito parlare. La colpa di quella morte era stata data alle streghe dell'epoca, e a ragione.

«Sta dicendo che quei barattoli erano conservati nel seminterrato principale?» chiesi.

Lila sospirò. «Sì. Non sapevamo cosa farne. La fabbrica era chiusa e c'erano così tante scatole e scaffali che pensammo di poter nascondere i barattoli in bella vista. Sono rimasti lì per più di vent'anni. Li abbiamo spostati dopo che tua nonna ha impedito a un'altra giovane donna di usare l'unguento. Non potevamo rischiare che qualcuno si facesse male o morisse. Avrebbe fatto riemergere vecchie tensioni e messo la fabbrica sotto i riflettori.»

Lentamente, cominciai a capire cosa era successo in quel giorno fatidico.

«Probabilmente Harry ha trovato uno dei barattoli» disse Coral a bassa voce. «Dovete capire, siamo tutte profondamente dispiaciute per quello che è successo. Non ci saremmo mai aspettate che qualcuno trovasse la scatola, e di certo non volevamo che nessuno si facesse male.»

«Non si è fatto male. È morto» fece notare Daphne.

«Daphne, questo non è giusto» affermò Magnolia. «Nessuna di noi voleva che succedesse. È stato un incidente. Un terribile incidente.»

«Non so se la sua famiglia lo considererebbe un incidente. Hanno perso un ragazzo di diciannove anni» feci notare.

«Lo sappiamo» disse mia madre, con la frustrazione nella voce. «Lo sappiamo, ed è per questo che stiamo facendo il possibile per assicurarci che non accada di nuovo.»

«Cosa state facendo?» chiesi.

Fece un respiro profondo. «Le scatole che abbiamo spedito contengono i barattoli dei vari unguenti. Li stiamo spedendo ad altre streghe in tutto il paese perché li custodiscano.»

«E questo come sarebbe più sicuro? Più persone saranno esposte» disse Daphne con esasperazione.

«Si stanno occupando di tutto e le scatole hanno incantesimi di protezione per un trasporto sicuro. Le streghe di tutto il mondo hanno queste pozioni e pomate a portata di mano. Sono sicure quando vengono conservate correttamente» spiegò Magnolia.

«Perché non lo avete detto a Harold?» chiesi.

Mia madre sbuffò. «Violet, se gli dicessimo che avevamo pozioni segrete nel seminterrato della fabbrica, ci esporremmo a un mare di guai.»

«Non potete dire che erano rimanenze della fabbrica?»

«Nessuno crederebbe mai che usavamo tossine velenose per produrre tè al limone» replicò mia madre.

Aveva ragione.

«Ok, potete dire che preparavate pomate per i muscoli o qualcosa del genere? Ho letto che un tempo usavano l'aconito per scopi medicinali» chiesi.

Mia madre guardò le altre donne, valutando le loro reazioni. Nessuna sembrava approvare l'idea.

«È troppo rischioso. Ci sarebbero domande sul perché avevamo dell'aconito e di sicuro ci sarebbe una perquisizione completa della fabbrica. Non possiamo permetterci di destare sospetti. Ci sono già un sacco di persone a Lemon Bliss che credono che noi *siamo* streghe. Siamo state molto attente a non dare loro nulla che possa essere usato come prova per le loro teorie» spiegò Coral.

Daphne incrociò il mio sguardo. Vedevo che si stava intenerendo nei loro confronti. Anch'io. Lila stava piangendo silenziosamente sulla sua sedia, tamponandosi le lacrime con un fazzoletto appallottolato.

«Okay, non avete ucciso quell'uomo intenzionalmente, ma nasconderci quello che sapevate non è stato d'aiuto» affermai.

«Non c'era motivo che vi preoccupaste. Avevamo la situazione sotto controllo. Se non foste state così ficcanaso, avremmo potuto occuparcene noi e non avreste mai saputo nulla di tutto questo. Guarda quanto stress ti ha causato. Volevamo solo proteggere te e Daphne» disse mia madre, con tono sincero.

Anche se la morte di Harry era stato un incidente terribile e tragico, ero immensamente sollevata che mia madre e le altre fossero state finalmente oneste con noi.

«Una domanda» dissi. «Perché non potete semplicemente distruggere le pomate? Perché rischiare di spedirle in giro per il paese dentro a delle scatole? Potrebbero rompersi durante il trasporto. Avete mai visto come vengono maneggiati certi pacchi?»

«Come ho appena detto, lanciamo un incantesimo di protezione su ogni scatola. Resisterà finché non verrà annullato da un'altra strega» spiegò Magnolia.

Daphne e io ci scambiammo un'occhiata. «E seppellire i barattoli?» chiesi, con un filo di voce.

Le donne si guardarono a vicenda. Fu Coral a parlare. «Non lo so. Non abbiamo mai provato.»

Abbassai lo sguardo sui miei piedi.

«Violet?» disse mia madre.

«Ne ho seppellito uno» sussurrai.

Sentii un sussulto collettivo nella stanza.

«Seppellito uno cosa?» La voce di mia madre era sull'orlo dell'isteria.

«Un barattolo.»

«Dove hai preso un barattolo?»

Alzai lo sguardo e incrociai gli occhi di Lila. «Nel seminterrato di Lila» mormorai.

«Lei!» strillò Lila. «Lei è entrata in casa mia e ha rubato un barattolo dal mio seminterrato?»

«Sì. Mi dispiace. No. Anzi, non mi dispiace. Nessuna di voi voleva dirci cosa stava succedendo. Dovevo saperlo. Era un rischio per la salute pubblica» spiegai.

«Lila, si calmi. Almeno sappiamo che fine ha fatto quel barattolo. È un enorme peso in meno» disse Coral con un leggero sorriso. «Voi ragazze vi siete date da fare.»

«Non ci avete lasciato scelta» disse Daphne.

Annuii in accordo. «Se foste state oneste fin dall'inizio, avremmo potuto evitare tutto questo. È stata una vostra scelta nascondere le cose e non è stato giusto. Non potete aspettarvi che io o Daphne siamo complici nell'insabbiare un crimine, anche se accidentale.»

«Ha ragione» disse Magnolia. «Pensavamo di proteggervi entrambe. Non era per cattiveria. Possiamo, per favore, andare avanti e lasciarci tutto questo alle spalle?»

Daphne e io ci guardammo e annuimmo lentamente.

«Sì, ma basta segreti» ammonii.

Mia madre si alzò di scatto e mi avvolse con le braccia. «Sono così felice di sentirtelo dire. Ti prometto che non ti nasconderemo mai più nessuna informazione.»

Ci stringemmo in un grande abbraccio di gruppo. Finalmente sentivo che il mio mondo, rimasto inclinato per così tanto tempo, si era raddrizzato.

CAPITOLO VENTI

Più tardi quella sera, Daphne venne a casa mia per festeggiare. Dopo quella che ero convinta fosse stata la fine del mondo, tutto si era sistemato. Mi sentivo in pace, più di quanto non mi fossi mai sentita da quando ero arrivata a Lemon Bliss. Mia madre e le sue amiche avevano promesso di coinvolgerci in tutte le decisioni future. Era davvero tutto ciò che volevamo. Quella faccenda losca non favoriva di certo la fiducia. Giurarono che in futuro sarebbero state più attente con le loro miscele potenzialmente letali.

«Versamene un altro!» disse Daphne, alzando il calice.

Risi e la accontentai subito.

«Okay, ora che abbiamo quasi risolto tutti i problemi del mondo, o almeno quelli di Lemon Bliss, c'è ancora una piccola questione che dobbiamo sistemare» dissi, prima di bere un lungo sorso dal mio calice.

«George.»

Annuii. «Già, George e i suoi compari. Ho la sensazione che continuerà a tormentare noi e la fabbrica finché non otterrà qualcosa. A dire il vero, penso che sia un impostore e che stia solo cavalcando l'onda del successo del suo ex socio. Dale era la mente del gruppo. George non può andare da nessun'altra parte perché non sa dove andare. Quell'uomo non ha un briciolo di originalità» brontolai.

Daphne rise. «Forse possiamo trovargli una casa infestata.»

«Questa è un'idea. Dove si trova una casa infestata?»

«Non lo so. Forse potremmo chiamare uno dei veri investigatori del soprannaturale e chiedergli di insegnargli i trucchi del mestiere» suggerì lei.

«Ho la sensazione che nessuno lo vorrà. Non solo è fastidioso, ma non sembra nemmeno tanto intelligente» commentai ironicamente.

Lei sospirò, bevendo un altro sorso di vino. «Perché devi sempre rovinare la festa? Questo è di quello buono. Non facciamo spesso la pazzia di comprarlo e voglio davvero godermelo.»

«Lo so, ma potremo goderci quello buono quanto vogliamo... una volta che ci saremo lasciati tutto alle spalle. Pensa, non dovremo più sgattaiolare nella fabbrica. Nessuno le presterà più attenzione se tornerà a essere la vecchia e noiosa fabbrica alla periferia della città.»

«E va bene» gemette lei. «Cosa facciamo? Ti prego, dimmi che è qualcosa di facile e veloce. Sono stanca di sprecare così tanto tempo per questa storia. Dopotutto, devo trovare il mio prossimo marito» disse facendomi l'occhiolino.

«E se li invitassimo nella fabbrica e li lasciassimo andare in giro a caccia di fantasmi? Una volta che si renderanno conto che non c'è niente, si arrenderanno e se ne andranno» ragionai.

Daphne sembrava scettica. «E se vedessero qualcosa?»

Visto che non risposi subito, agitò una mano in aria.

«George. Le sue telecamere, e se riuscissero davvero a riprendere un fantasma?»

«Dubito seriamente che vedranno un fantasma. Non penserai che possa succedere, vero?»

Scoppiò a ridere. «Abbiamo scoperto di recente che esistono creature soprannaturali di ogni tipo. Non credo che sarebbe un gran salto logico accettare che ci possano essere fantasmi in agguato nella fabbrica. Anzi, considerando la ricca storia del luogo, è probabilmente molto verosimile.»

«Perché noi non li abbiamo mai visti?» chiesi.

Lei scrollò le spalle. «Forse perché non siamo delle credenti?»

«Okay, come vuoi. E allora, anche se ci fosse una possibilità che vedano un fantasma? Ce ne occuperemo al momento. Per ora, dico di farli entrare e di tenerli d'occhio. Così potremo assicurarci che non trovino nulla che non dovrebbero» dissi.

Lei annuì. «Prima di farli entrare, dobbiamo fare un'ispezione approfondita della fabbrica, seminterrato incluso.»

«Bene. Sì, abbiamo un piano!»

Qualcuno che bussava alla porta attirò la mia attenzione. Quando la aprii, vidi mia madre con il resto delle sue amiche e Gabriel.

Scoppiai a ridere quando mia madre sollevò una bottiglia di vino. «Possiamo unirci alla vostra festa?»

«Entrate, siamo più avanti di voi» dissi ridendo, facendomi da parte per farli passare.

———

La mattina seguente, mi sentivo un po' a pezzi. Mi alzai dal letto e scesi al piano di sotto. A un certo punto, a tarda notte, mi era venuta un'altra idea. Non potevo fare a meno di pensare che mia nonna mi avesse in qualche modo piantato il seme dell'idea nel subconscio.

La sera prima, mia madre mi aveva detto che mia nonna coltivava l'aconito nella sua serra. C'era la possibilità che la pianta facesse parte del groviglio selvatico di fiori che copriva gran parte del giardino davanti e dietro casa. Avevamo controllato la sera prima, ma nessuna di noi ci vedeva abbastanza bene da esserne sicura.

Infilai le scarpe e mi diressi verso la serra. C'erano varie bustine di semi conservate in barattoli di vetro.

«Ah!» sorrisi, quando vidi quello che volevo.

Presi il barattolo e mi avviai verso un pezzo di terra libero nell'aiuola. Usando i guanti che tenevo a portata di mano per pulire il bagno, spinsi con cura il seme nella terra.

Poi, facendo un respiro profondo, recitai l'incantesimo che mia madre mi aveva insegnato la sera prima. Speravo che funzionasse.

Aspettai, ma non successe nulla. Ripetei l'incantesimo e agitai le mani sulla terra in cui avevo spinto il seme.

«Andiamo» sussurrai. «Funziona.»

Ripetei l'incantesimo diverse altre volte.

«Grr!» urlai, ed entrai in casa battendo i piedi. «Avrei dovuto immaginarlo.»

Nonna aveva il potere, non io. Il mio piano non avrebbe funzionato se non fossi riuscita a mettere le mani su quella pianta. Dopo una doccia, tornai fuori con una tazza di caffè fumante. Avrei provato un'ultima volta.

«Cosa?» strillai quando vidi la pianta in piena fioritura. «Ha funzionato! Ha funzionato!»

Corsi di nuovo dentro a prendere i guanti. Raccolsi con cura alcuni fiori e foglie dalla pianta e li misi in un sacchetto di plastica sigillato. Misi quel sacchetto dentro un altro, e poi in un altro ancora, per sicurezza. Non avevo idea di quanto fossero potenti i fiori, ma non volevo correre rischi.

Chiamai Lila dalla macchina. «L'hai preso?» chiesi, eccitata.

«Sì. Sei pronta?»

«Sì, spara.»

Mi recitò velocemente l'indirizzo. «Stai attenta» mi avvertì.

«Lo farò.»

Riattaccai e guidai fino al piccolo motel a un paio di miglia lungo l'autostrada. Harry aveva affittato la stanza per un mese. Harold aveva detto a Lila che la polizia non aveva ancora perquisito il posto e che stava seguendo altre piste. A quanto pare, la morte di Harry non era una priorità assoluta per gli investigatori dello Stato. Era un po' triste.

Fingendo di essere al mio posto, passai la mano sulla porta ed entrai. Mi sentivo malissimo per quello che stavo per fare, ma Harry era già morto. Non aveva senso causare altri problemi, visto che era stato solo uno sfortunato incidente.

Lasciai cadere alcune foglie sul pavimento, poi andai in bagno e ne misi qualcuna accanto al water. Sperai che bastasse a giustificare il suo avvelenamento accidentale. Fissai i petali dei fiori e mi resi conto che avrei potuto mettere a rischio qualcun altro se fosse entrato nella stanza. Rimasi a pensarci per diversi minuti prima di decidere di lasciarli lì. La stanza era sigillata. Gli investigatori avrebbero saputo che c'era la possibilità che la tossina fosse presente nella stanza.

Uscita dalla stanza, salii in macchina e mi diressi al Crooked Coffee, dove dovevo incontrare mia madre e Lila.

«Ciao» dissi, scivolando nel separé.

«Ho già ordinato per tutte noi» disse mia madre, passando subito al sodo. «Allora, l'hai fatto?»

Annuii. «Sì. Spero solo che nessuno tocchi quei fiori.»

«Lila sta già chiamando Harold per suggerirgli di controllare di nuovo l'hotel. Si sente escluso dalle indagini dello Stato, quindi è perfetto. Potrà dare una mano.»

«Lo spero. Non riesco a credere che l'incantesimo della pianta abbia funzionato» dissi, sentendo un'ondata di orgoglio attraversarmi.

«Sapevo che ce l'avresti fatta. Hai ereditato molti dei poteri di tua nonna. Questa è solo la punta dell'iceberg.»

Lila entrò svolazzando nella caffetteria. «Ciao, ragazze!» salutò con la mano, venendo a sedersi accanto a mia madre.

Le sorrisi. Era assolutamente radiosa.

«L'hai fatto?» le chiesi.

Fece una leggera alzata di spalle. «Mi sono occupata di due cose. Ho chiamato Harold e gli ho detto che ho sentito dire che qualcuno potrebbe voler ripulire la stanza che Harry aveva in hotel. Ha detto che ci sarebbe andato subito. Mi sono anche assicurata di ricordargli di stare attento, dato che Harry potrebbe essere stato avvelenato. Mi ha assicurato che si accer-

terà che chiunque entri nella stanza indossi dispositivi di protezione. E poi, potrei aver piantato un piccolo semino. Lui mi
manca, e sappiamo tutti che i sentimenti ci sono. Quell'uomo è
solo troppo testardo per rendersene conto. Non ho un'eternità
per aspettarlo. Nessuno dei due sta ringiovanendo.»

Chinandosi, le strinsi la mano. «È perfetto. Hai gestito la
parte su come convincerlo a perquisire quella stanza nel modo
giusto. E per quanto riguarda il seminare, be', il seme c'è già. Lo
stai solo innaffiando.»

Sorrise, con le guance arrossate. «Lo spero.» Ci fu una pausa
nella nostra conversazione quando la cameriera si fermò per
portarci i caffè.

«Allora, parlami di questa idea che avete avuto tu e Daphne.
Temo di aver già bevuto un po' di vino prima di arrivare a casa
tua» disse Lila, con un gran sorriso.

Le informai rapidamente del nostro piano. Avevamo tutte
concordato di andare in fabbrica più tardi quel giorno per fare
un'accurata ispezione.

«Oh, sembra che per noi sia ora di andare» disse mia madre,
guardando oltre la mia spalla.

Mi voltai per vedere Gabriel che veniva verso di noi. Quando
sfoderò un gran sorriso, il mio stomaco si rivoltò e non potei fare
a meno di sorridere.

«Vi lasciamo soli» disse Lila scivolando fuori dal suo posto.

«Ci vediamo tra un paio d'ore» disse mia madre, allonta-
nandosi.

«Ciao, signore» disse Gabriel, accomodandosi di fronte a me.
«Spero di non averle fatte scappare.»

«No, no, va tutto bene. Le vedo più tardi. Vieni con noi,
vero?»

Annuì. «Sì, e ho il legname nel camion. Possiamo iniziare a
sbarrare le finestre.»

«Bene. Puoi venire con me a parlare con George?»

«Vuoi ancora portare avanti quel piano?»

Feci spallucce. «Penso sia l'unico modo per far desistere quel tizio. Parte del motivo per cui ne sono così affascinati è perché è un luogo proibito.»

«Ha senso» concordò.

«Devo dirti una cosa» dissi, facendo un respiro profondo. Avevo deciso che non gli avrei nascosto più niente. Non volevo fargli quello che mia madre aveva fatto a me. L'onestà era la migliore politica.

«Cos'è successo?»

Gli raccontai della pianta e di quello che avevo fatto con i fiori. Non sembrò molto sorpreso.

«Ti sta bene?»

«Perché non dovrebbe? Stai dando pace a quella famiglia. Harold riceverà qualche complimento per l'ottimo lavoro, e voi non dovrete preoccuparvi che qualcuno nutra sospetti. Penso sia un piano fantastico. Grazie per avermelo detto.»

Sorrisi e annuii, poi sentii l'impulso improvviso di piangere. Gabriel era troppo bello per essere vero. Mi chiesi cosa sarebbe successo se mia madre e le altre donne fossero state semplicemente oneste riguardo al loro status di streghe.

«Grazie» gracchiò.

«Stai bene?»

«Sto alla grande. Pronti ad andare?»

«Sì, lascia che prenda un caffè.»

CAPITOLO VENTUNO

All'inizio la conversazione con George era stata tesa. Quell'uomo era un osso duro. Quando minacciai di portare le schede di memoria alla polizia per dimostrare la sua violazione di domicilio, iniziò a venire a più miti consigli.

«Come faceva a sapere che c'erano le telecamere? Pensavo che la fabbrica fosse abbandonata.»

Scrollai le spalle. «Ho i miei metodi e non importa cosa pensava Lei. Ho rimosso le schede di memoria. Se non accetta di andarsene e di non mettere mai più piede sulla mia proprietà, confischerò le sue telecamere. Sono sicura che non costino poco» gli dissi.

Non aveva l'aria neanche lontanamente pentita che mi sarei aspettata.

Scosse la testa. «Devo entrare in quella fabbrica.»

«Può farlo, una volta, e poi basta. Lei e i suoi amici avete causato un sacco di problemi, non solo a me e alla mia famiglia, ma anche a Harold. Se solo foste stati alla larga dai posti che non vi competono, i suoi amici forse sarebbero ancora vivi» gli ricordai.

Mi resi conto troppo tardi di aver detto troppo.

«Cosa intende dire? Harry non è morto nella fabbrica» disse, guardandomi con occhi che vedevano fin troppo.

«Beh, era qui a Lemon Bliss perché Lei non vuole lasciar perdere tutta questa storia» mi affrettai a dire.

«George, questa è un'offerta valida una sola volta» spiegò Gabriel, impedendo a George di farmi altre domande sulla morte di Harry. «Le stiamo concedendo un lasciapassare, ma non si ripeterà. Se crede davvero che ci siano fantasmi o spiriti o qualsiasi altra cosa in quella fabbrica, questa è la sua unica occasione per smascherarli.»

George sbuffò. «Io non li smaschero. Sono gli scettici come Lei che rendono difficile il mio lavoro.»

«Avrei pensato che fossero i fantasmi sfuggenti a rendere difficile il suo lavoro» borbottai a mezza voce.

Gabriel scrollò le spalle. «Non mi interessa davvero quello che fa. Una volta. Una possibilità. Prendere o lasciare.»

Aspettai e osservai George mentre soppesava la proposta. «D'accordo, ma ho bisogno di tutta la mia attrezzatura. Voglio fare una diretta streaming.»

Potevo quasi vedere gli ingranaggi girare nella sua testa mentre si rendeva conto delle possibilità.

Gabriel mi guardò, inarcando un sopracciglio interrogativo. Annuii.

Si voltò a guardare George. «Può fare una diretta streaming. Ma noi saremo lì. Fa una mossa falsa e finisce tutto. Se solo pensa di nuovo di entrare senza permesso, la farò sbattere in prigione.»

Sorrisi, colpita da quanto fosse autoritario. *Il mio eroe.*

Lasciai che Gabriel e George definissero i dettagli. Speravo che il nostro piano funzionasse, perché non volevo davvero più rivedere George. George cercò di negoziare una seconda visita alla fabbrica, ma Gabriel tenne duro.

Una volta terminata la negoziazione tra i due uomini, Gabriel e io ce ne andammo e ci dirigemmo verso la fabbrica per iniziare la grande pulizia.

Quando arrivammo alla fabbrica, la porta d'ingresso era

spalancata e c'erano diverse auto parcheggiate davanti. Le riconobbi tutte. Era strano vedere la fabbrica così aperta. Da quando ero tornata, era stato un luogo oscuro, sempre avvolto nelle ombre. Il fatto che un uomo fosse morto al suo interno aveva contribuito a quella sensazione sinistra.

«Ehi, eccovi qui!» ci salutò Daphne. «Pensavo che ve la sareste squagliata lasciandoci fare tutto il lavoro.»

Risi. «No, siamo appena venuti via da casa di George.»

Mia madre e Lila sentirono e si precipitarono da noi. «Cosa ha detto?» chiese Lila.

«Ha accettato. Farà una diretta streaming e basta. Gabriel è stato molto chiaro sul fatto che lo sbatterà in prigione se entrerà di nuovo senza permesso» dissi con un sorriso.

«Wow, ottimo lavoro, Gabriel» disse mia madre, sorridendo e scuotendo la testa.

«Questo è mio nipote» disse Coral con orgoglio.

«Okay, diamoci da fare. Voglio sigillare quelle finestre con delle assi e poi porterò Violet fuori a cena per bene» disse lui, a disagio per tutte quelle attenzioni.

Ci dividemmo in gruppi di due e iniziammo a perlustrare ogni centimetro quadrato della fabbrica. I piani superiori erano liberi. Lila e Daphne trovarono altri due barattoli nel seminterrato, che furono rapidamente avvolti in sacchetti di carta e messi in una piccola scatola, a sua volta inserita in una scatola più grande. Non volevamo correre rischi.

«Tutto a posto?» chiesi, quando ci ritrovammo tutti al piano terra.

«Tutto a posto» disse Coral. «Tutte le cosette sono al sicuro. Non ci saranno altri avvelenamenti accidentali.»

«Allora posso iniziare a inchiodare le assi alle finestre?» chiese Gabriel.

«Sì, ti aiuto» mi offrii volontaria. «Sto morendo di fame e mi hai promesso una cena.»

Lavorammo tutti insieme e chiudemmo le finestre con le assi. Lasciammo le porte aperte per il momento, per rendere più facile a George fare la sua diretta. Una volta che avesse finito, avremmo sbarrato la porta d'ingresso, ma lasciato accessibile quella sul retro.

«Ti lascio a casa a cambiarti e poi passo a prenderti tra un'ora» disse Gabriel mentre salivamo sul suo camioncino.

Chiedendomi cosa avrei dovuto indossare, gli domandai dove stessimo andando.

«Mettiti qualcosa di carino, andiamo in un ristorante elegante» disse, con un sorriso.

«Oooh!» sorrisi di gusto.

Non ci misi molto a farmi la doccia, ma trovare l'abito giusto non fu altrettanto facile. Non mi vestivo mai elegante, mai. Frugai nell'armadio e alla fine optai per un classico tubino nero. Con una scelta del genere, una ragazza va sempre sul sicuro.

Aspettai che arrivasse Gabriel, in ansia per il nostro appuntamento. In ansia ed emozionata allo stesso tempo.

«Wow, sono bellissimi.»

Presi i fiori e li misi subito in un vaso, poi mi voltai e lo osservai. Indossava pantaloni eleganti e una camicia.

«Sei bellissima» sussurrò lui.

«Anche tu non scherzi» dissi, facendogli l'occhiolino.

Prendendomi per mano, mi accompagnò fino al suo pick-up. Il ristorante era nuovo e più di lusso della maggior parte di quelli della zona. Il cibo era eccellente.

Gabriel ordinò il dolce, anche se io avevo insistito che non sarei riuscita a mangiare un altro boccone.

Al tavolo portarono un'unica fetta di cheesecake alle ciliegie. La fissai, incapace di parlare o di staccarle gli occhi di dosso.

«Gabriel?» sussurrai.

Si inginocchiò accanto al tavolo e fece l'unica cosa che non mi sarei mai aspettata.

«Violet, vuoi sposarmi?»

Annuii, incapace di parlare per via delle lacrime che mi rigavano le guance.

Alzandomi, riuscii finalmente a dire di sì. Gabriel pulì la cheesecake dall'anello prima di infilarmelo al dito.

«Sei sicuro di volermi sposare?» sussurrai, quando si fu riseduto.

Lui rise. «Che significa? Non te l'avrei chiesto se non l'avessi pensato davvero.»

«Beh, io sono, sai com'è» dissi, agitando una mano.

«Sì, lo so e non mi importa. È parte di ciò che sei. Basta che tu non mi menta mai o che non cerchi di tenermi le cose nascoste. Coral mi ha detto che è quello che ha distrutto il suo rapporto con il marito» disse a bassa voce. «Supereremo questa cosa insieme e se avremo una bambina che erediterà i tuoi poteri, che sia. A me va bene.»

Le lacrime avevano ricominciato a scorrermi sulle guance.

«Possiamo andare a casa ora?»

Lui sorrise e annuì. «Pensavo che non me lo avresti mai chiesto.»

UNA SETTIMANA DOPO

«Non fare casini, ragazzino» ringhiò George a Dale Jr. mentre quest'ultimo portava un cavo all'esterno verso un generatore.

Il generatore si era rivelato una necessità, anche se non avevo previsto che avessero bisogno di elettricità. Pensavo che avrebbero filmato con delle videocamere. Mi sbagliavo di grosso.

Appoggiata al muro, osservavo i tre uomini correre avanti e indietro con cavi, telecamere e tablet. C'erano vari gadget e schermi che avrebbero dovuto misurare l'attività paranormale. Un enorme termometro a LED era stato appoggiato contro una parete. Secondo Stan, quando la temperatura fosse scesa, avremmo saputo che gli spiriti erano presenti.

«Pensi che funzionerà?» chiese Daphne a bassa voce.

«Non ne ho idea. Sembra un sacco di attrezzatura costosa. Spero che ne valga la pena. Chissà chi paga per tutta quella roba?»

«Stavo parlando con Dale Jr. e mi ha detto che stanno cercando di ottenere un contratto con un network. È la rete a pagare il conto per l'attrezzatura. Se funziona, avranno un loro programma settimanale.»

«Davvero?» chiesi, completamente sorpresa dall'idea.

Lei annuì. «Già, è quello a cui punta George. Doveva girare uno speciale di due ore, ma l'idea di una diretta streaming ha incuriosito il network.»

Sorrisi. «E se si scoprisse che trovano un mucchio di fantasmi?»

Lei scoppiò a ridere. «Sarebbe terribile, vero?»

«Terribile per loro, ma fantastico per noi.»

Gli uomini erano al lavoro da ore. Ero incredibilmente annoiata e mi stavo pentendo della mia decisione di assistere ai preparativi. C'era molto più lavoro dietro a una diretta di quanto avrei mai potuto immaginare.

«Quanto ci vorrà ancora?» sussurrò Daphne.

Feci spallucce. «Non lo so. Immagino di aver pensato che ci sarebbero volute solo un paio d'ore, ma non mi ero resa conto che ci sarebbe voluto così tanto solo per allestire il tutto. Pensi davvero che il network ci guadagnerà?»

Daphne scoppiò a ridere. «Lo spero. Altrimenti, questo sembra un hobby davvero costoso.»

Aspettammo e li guardammo sbrigare le loro faccende per un'altra ora. George era come un dittatore, che dava ordini a Stan e Dale Jr. per tutto il capannone della fabbrica. Ero stanca solo a guardarli.

George si avvicinò a dove eravamo noi, con un paio di cuffie intorno al collo. «Deve proprio rimanere qui mentre giriamo?»

«Sì» dissi, con fermezza.

«Bene» sbuffò, «non parli e stia fuori dall'inquadratura. È una diretta. Non possiamo tagliarla in montaggio se si mette in mezzo.»

Sorrisi. «Ci proverò senz'altro. Ridere conta come parlare?»

Mi lanciò un'occhiataccia prima di girarsi e tornare all'elaborata postazione che aveva allestito.

«Pronti?» urlò.

«Siamo pronti» gridò di rimando Stan dall'altra parte della stanza.

«Io sono pronto!» esclamò Dale, e l'entusiasmo nella sua voce era contagioso.

«Spegnete le luci!» ordinò George.

Le luci si spensero, facendo piombare la fabbrica nell'oscurità. George era stato entusiasta delle finestre sbarrate. Sosteneva che il buio sarebbe stato meglio per lo show e avrebbe incoraggiato gli spiriti a manifestarsi. In realtà non vedevo l'ora di avere la possibilità di vedere un fantasma. Sarebbe stato una figata, soprattutto se fosse stata mia nonna a infestare il posto.

Si accese un unico faro, illuminando George. Alzò una mano mostrando tre dita, abbassandole una alla volta.

«E siamo in diretta!» disse George, il cui atteggiamento era completamente cambiato.

Aprì il suo show con un tributo ai suoi defunti soci, Dale e Harry. Fu in realtà piuttosto commovente. Ero convinta che fosse una trovata per fare audience, ma funzionò.

Daphne e io osservammo gli uomini iniziare a eseguire vari rituali di divinazione. Era divertente ed eccitante. Avevamo trascinato un paio di casse vuote per sederci mentre guardavamo lo spettacolo. Sorrisi e mi resi conto che stavo assistendo a ciò che avrebbe segnato la fine di un capitolo della mia vita. Non era stato un capitolo piacevole, ma ero felice di aver vissuto quell'esperienza.

Gabriel entrò dalla porta laterale, guadagnandosi un'occhiataccia da George. Sorrisi e gli feci cenno di avvicinarsi.

«Ci sono già dei fantasmi?» sussurrò.

Scossi la testa. «Non ancora. Incrocio le dita, però.»

Si sedette accanto a me e mi strinse la coscia. Mi appoggiai a lui e mi resi conto di essere davvero felice. Fantasmi inclusi,

Lemon Bliss, Gabriel e il resto della mia strampalata congrega si erano rivelati la mia casa.

———

Se desiderate ricevere aggiornamenti sulle mie nuove uscite e altre notizie, iscrivetevi alla mia newsletter: https://lucymayauthor.com/subscribe

Fate un salto a Charm Cove, nel Maine, dove da secoli le famiglie Wicked e Good combinano guai, magie e scompiglio. Girate pagina per un'anteprima di Destiny's A Witch, il primo libro della serie Wicked Good Mystery!

MOIRA WICKED

Facendomi largo tra la gente che affollava il marciapiede, sono quasi inciampata quando mi sono girata per entrare dalla porta del Persnickety Potions & Gifts. Con mio grande fastidio, il negozio era pieno di clienti, tutti assolutamente incantati da quel posticino carino. Alzando gli occhi al cielo, mi sono fatta strada tra la folla fino a raggiungere il bancone. La persona che ero venuta a cercare, mia zia Lea, era in piedi accanto al bancone, a raccontare frottole a una cliente.

Zia Lea era sempre la stessa, da che ho memoria. Aveva i capelli argentati raccolti in uno chignon elegantemente disordinato in cima alla testa, tenuto fermo da delle bacchette rosso vivo. Indossava una gonna rossa e fluente che le turbinava intorno alle caviglie, abbinata a una camicetta bianca attillata e a stivaletti neri con tacchi bassi. Orecchini d'argento pendenti e una miriade di braccialetti d'argento completavano il suo look, quello di una donna anziana bella ed elegante, con un'aria da fricchettona.

«Beh, cara, questo rimedio aiuterà di sicuro la tua pelle. Basta tamponarne un po' dietro le orecchie e spruzzarne qualche goccia nella vasca da bagno» disse zia Lea, agitando la boccetta. I suoi occhi verdi scintillavano insieme al suo sorriso caloroso.

La cliente in questione, una donna in jeans attillati e stivali da equitazione, con una camicetta aderente e una giacca di pelle nera. Il suo enorme anello di diamanti era la prova schiacciante che avesse un sacco di soldi da spendere. Era così grande che temevo che il dito le si sarebbe incurvato per il peso.

La mia ipotesi era che questa simpatica cliente fosse venuta nel Maine per il fine settimana dal Massachusetts, dal Connecticut o da New York. Probabilmente lavorava nella moda o nella finanza e guadagnava soldi a palate, o meglio ancora, aveva sposato qualcuno che dirigeva una società di investimenti senza scrupoli e dedicava il suo tempo a cause di beneficenza socialmente accettabili, in una sorta di tentativo maldestro di rimettere a posto il suo karma. Era completamente concentrata sulle chiacchiere di zia Lea, che, tra l'altro, andavano avanti all'infinito.

Dovevo dare atto a zia Lea che sapeva riconoscere un pollo da un miglio di distanza e, se avesse voluto, sarebbe stata capace di vendere pure il letame di cavallo. In pochi minuti, non solo aveva venduto la pozione magica, ma anche qualche altro articolo della sua sezione "Bellezza e Guarigione". Se vi state chiedendo di cosa si trattasse, erano lozioni, creme e altre cose del genere, tutte impregnate di poteri magici di guarigione. Per quanto mi sarebbe piaciuto dirvi che era un mucchio di fandonie, non lo era.

Ma sto divagando. Nel momento in cui zia Lea ha dato un caloroso abbraccio alla sua cliente e l'ha salutata con la mano, sono scattata dietro il bancone, afferrandola per un gomito e facendola roteare oltre le porte a battente, fino al magazzino sul retro.

«Moira! Che ci fai qui, tesoro?» esclamò zia Lea, avvolgendomi in un caldo abbraccio profumato di rosmarino.

Feci un passo indietro e sfoderai la mia migliore occhiataccia. Volevo bene a zia Lea. Volevo bene a tutta la mia famiglia, ma a volte mi facevano impazzire. «Hai venduto una pozione d'amore a Brian e non provare nemmeno a dirmi che non è vero.»

«Oh cielo, come puoi pensare che...?» esordì zia Lea, ma non avevo pazienza per le sue esitazioni.

«Non iniziare nemmeno. Avrei dovuto sapere che avresti combinato qualche guaio dopo che mi sono lamentata della sua fidanzata. Sia chiaro, non mi lamentavo perché ero gelosa, ma perché è una vera rompiscatole in ufficio.»

Zia Lea sorrise sorniona, abbandonando completamente il suo tentativo di fingersi ignorante. «Esatto. Volevo solo metterla al suo posto. Mi hai detto che era un incubo e poi lui l'ha portata qui. Santo cielo» si fermò per farsi aria, affranta dalla finta angoscia di aver incontrato la fidanzata del mio capo. «Era terrificante. Un giorno mi ringrazierà.»

Girandomi, feci un respiro profondo e lo buttai fuori lentamente, contando fino a dieci. Mi voltai di nuovo verso zia Lea, sapendo che aveva buone intenzioni, ma che raramente, se non mai, pensava alle conseguenze delle sue azioni. Le implicazioni di questo fatto erano molto maggiori, considerando che lei era una strega, e per di più molto potente.

«Certo. Sono sicura che sarà grato di non sposarla, ma tu hai lanciato l'incantesimo e ora mi sta sbavando dietro. A me! Questo è un problema di proporzioni epiche, per non parlare del fatto che io *non* voglio avere niente a che fare con Brian Spencer. È il mio capo e non abbiamo assolutamente niente in comune. Per favore, sistema questa cosa. Tipo per ieri, se possibile.»

«Cara, non posso tornare indietro nel tempo» disse zia Lea, inarcando le sopracciglia come se pensasse davvero che stessi insinuando che potesse farlo.

«Oh mio Dio! Lo so che non puoi. Solo... sistemala. Annulla l'incantesimo o qualcosa del genere. Fallo innamorare di qualcun altra.»

Per quanto mi sarebbe piaciuto sistemare la cosa da sola, se zia Lea ci aveva messo lo zampino in qualsiasi incantesimo avesse lanciato, non avevo abbastanza potere per contrastarlo. Forse tra qualche decennio ci sarei potuta arrivare, ma lei era su un altro pianeta.

Zia Lea si picchiettò l'indice sulla guancia, la sua unghia rosso lucido che catturava la luce dall'alto. Dopo un istante, si allontanò in fretta, attraversando una tenda di perline. Esatto, per coronare il tutto, il Persnickety Potions & Gifts aveva una tenda di perline nel retrobottega. Sarebbe stato difficile rendere questo posto più kitsch.

———

Lasciai che il mio sguardo vagasse in giro, osservando il retrobottega affollato dell'amato negozio di zia Lea. Le pareti erano rivestite di scaffali e ogni centimetro di spazio era stipato di bottiglie di pozioni, creme e altro ancora, insieme a opere d'arte e gioielli costosi. Il negozio apparteneva alla mia famiglia da, be', qualche centinaio d'anni. In quel periodo era zia Lea a gestirlo, ma tutti noi ci avevamo messo mano in un momento o nell'altro. Feci un respiro profondo, assaporando il profumo di erbe e fiori che impregnava l'ambiente. I suoni provenienti dalla parte anteriore del negozio arrivavano fin qui. Quella primavera, zia Lea aveva fatto lavorare lì due delle mie cugine più giovani, cosa che io avevo fatto per tutto il liceo.

La mia mente tornò di scatto al pomeriggio precedente, quando il mio capo, che tra l'altro odiavo, era entrato nel mio ufficio con dei fiori. Fiori! Sembrava aver completamente dimenticato di essere fidanzato con Kristy Ross, un'altra associata di investimenti dell'ufficio. Sul perché lavorassi nel settore degli investimenti, be', quello era un altro discorso.

In ogni caso, ero inorridita. Stavo cercando di capire quale fosse il modo migliore per licenziarmi senza far arrabbiare Brian e rovinare le mie possibilità di ottenere una buona referenza da lui. Perché, be', odiavo il mio lavoro e avevo bisogno di un cambiamento.

Questa non era una novità per la mia famiglia, perché mia

madre mi stava costantemente addosso perché tornassi a casa a Charm Cove. Poteva esistere una città con un nome più adorabile? *«Vallo a sapere»* era come avrebbero risposto gli abitanti del posto.

Comunque, avevo telefonato la settimana prima per avvisare i miei vari familiari che il mio capo e la sua fidanzata sarebbero venuti in città per una visita. La cosa, di per sé, non era insolita. Turisti da tutto il Nord-est e dal mondo intero si riversavano sulla costa del Maine per visitarla. Lo Stato aveva due motti: *Maine, The Way Life Should Be* e *Vacationland*. C'erano un sacco di graziose cittadine costiere nel Maine, ma Charm Cove occupava un posto speciale tutto suo perché la gente del posto si faceva in quattro per i turisti.

C'era anche il fatto che la città era stata fondata da due famiglie di streghe qualche secolo prima. Dire che la gente del posto aveva un modo per ammaliare i turisti era un ridicolo eufemismo. La mia famiglia ci faceva palate di soldi.

Quindi il mio capo voleva venire in visita. Niente di strano. Gli avevo gentilmente dato alcuni suggerimenti su dove alloggiare, sui migliori ristoranti e negozi e gli avevo augurato una bella vacanza con la sua irritabile fidanzata. Sapendo che ero infelice al lavoro, la mia ipotesi migliore era che zia Lea avesse dato un'occhiata alla sua fidanzata e avesse deciso di usare i suoi poteri a fin di bene. Sosteneva che quello fosse l'unico motivo per cui usava i suoi poteri. Bah.

Nel momento in cui Brian si era presentato con i fiori, avevo capito che lei aveva fatto qualcosa. Peggio ancora, quando ero passata dal suo ufficio per consegnare un rapporto, avevo notato l'inconfondibile etichetta di Persnickety Potions & Gifts su una bottiglia sulla sua scrivania. Il mio capo, un banchiere d'investimento snob e tutto d'un pezzo, che aveva un manico di scopa talmente su per il sedere che non ero sicura si potesse rimuovere, aveva una bottiglia di un qualche rimedio New Age. Appena l'avevo vista, avevo capito l'antifona. Zia Lea gli aveva lanciato un incantesimo d'amore, uno che purtroppo mi aveva intrappolata nella sua rete. Che Dio m'aiuti.

Zia Lea tornò indietro di corsa, facendo tintinnare dolcemente la tenda di perline mentre la attraversava. «Okay, ci siamo. Ho invertito l'incantesimo, ma devi mettere questo nel suo ufficio.»

Fissandola, scossi lentamente la testa. «Sistemerai questa cosa da sola. So che puoi gestirla a distanza, quindi non provare a trascinarmi in questa storia», dissi, sfoderando il mio tono più fermo.

Zia Lea inclinò la testa di lato e roteò gli occhi. «E va bene. Promettimi che tornerai a casa e me ne occuperò subito», disse con uno schiocco di dita.

Questo era un punto di contesa comune con chiunque nella mia famiglia da quando me n'ero andata da Charm Cove qualche anno prima. C'erano molte cose che amavo della mia città natale, ma avevo avuto bisogno di un po' di tempo per conto mio e non apprezzavo le pressioni per tornare. Volevo prendere quella decisione alle mie condizioni.

Ci fissammo a vicenda finché lei sospirò e si mise una mano sul fianco. «Non volevo che si innamorasse di te. Non ho reso l'incantesimo specifico, solo per la prima donna che avesse visto dopo che avesse fatto effetto. Immagino sia stata tu.»

«Immagino di sì», dissi, incapace di trattenere una risata. Per quanto potessi essere infastidita dalle sue macchinazioni, era tutto così ridicolo.

Zia Lea sfoderò un sorriso sornione e poi mi fece cenno di andare verso il negozio. «Ti fermi per il fine settimana?», mi chiese mentre mi accompagnava fuori sul marciapiede affollato.

«Certo. Sto andando ora da mamma.»

Zia Lea mi abbracciò di nuovo e mi congedò con un cenno della mano.

Feci sì e no dieci passi quando sentii il mio nome.

«Moira Wicked!»

Se mi sono dimenticata di dirlo, le due famiglie che fondarono Charm Cove qualche secolo fa erano i Wicked e i Good. Io ero una Wicked. L'uomo che aveva chiamato il mio nome? Liam Good.

———

A Charm Cove, i Wicked e i Good erano in lotta da secoli. Era diventata una faida molto più educata nell'ultimo secolo, più o meno, dato che dovevamo tenere nascoste le nostre abitudini da streghe. La recente popolarità di tutto ciò che era spirituale ci aveva reso le cose molto più facili, ma in realtà tutto ciò che aveva fatto era aiutarci a spillare soldi a ignari turisti più facilmente. Suppongo che la nostra ancora di salvezza fosse che, almeno, le cose che vendevamo funzionavano. Ne è un esempio l'incantesimo d'amore di zia Lea sul mio capo.

In quel momento, Liam Good stava chiamando il mio nome e io stavo cercando di capire dove potermi nascondere. Con un movimento del polso, feci roteare del fumo nell'aria e ci scomparvi dentro, spedendomi al bagno più vicino. Maledizione. Piccolo problema: ero atterrata nel bagno sul retro di Persnickety Potions & Gifts.

I miei poteri erano un po' arrugginiti perché stavo cercando di condurre una vita *normale*. Lasciate che ve lo dica, è difficile essere normali quando il tuo nome di battesimo significa *destino*, il tuo cognome è Wicked e provieni effettivamente da una famiglia leggendaria per le sue arti magiche.

Con un sospiro, mi allontanai dalla porta familiare del bagno e feci il punto della situazione. Scostandomi dagli occhi qualche ciocca ribelle dei miei capelli quasi neri, mi sciacquai le mani nel lavandino e mi fissai. Occhi verdi e una pelle piuttosto pallida mi restituirono lo sguardo. Le mie guance erano rosse, probabilmente per l'ansia di imbattermi in Liam. Con uno spruzzo d'acqua sul viso, mi rinfrescai. Immaginai che il lato positivo fosse che potevo uscire di lì senza la preoccupazione di dover spiegare come ci fossi finita. E così feci.

Quando zia Lea inarcò un sopracciglio al mio apparire, mi fermai accanto a lei dietro al bancone. «Liam Good mi ha vista. Non sono in vena, quindi... be', sai com'è», spiegai, sotto voce.

Zia Lea annuì con fare saggio. Non ci fu bisogno che le spiegassi di essermi dileguata nel bagno sul retro. Nessun problema. A Charm Cove, creare del fumo che nessun altro poteva vedere, a meno che non si fosse una strega, era una cosa del tutto normale.

Uscii dal negozio, sperando che Liam avesse colto l'antifona. Niente da fare. Era appoggiato al pilastro di granito all'angolo della strada, proprio vicino alla mia due volumi rossa. Mi venne una voglia matta di sparire di nuovo, ma sapevo che non sarebbe servito a nulla.

Liam Good era il mio ex ragazzo dei tempi del liceo e per una parte del college. A quanto ne sapevo, si era felicemente sposato, e io avevo finto che non m'importasse.

Liam Good era in gran parte il motivo per cui me n'ero andata da Charm Cove e per cui avevo promesso a me stessa di mettere una pietra sopra ai miei poteri. Era bastato un solo incontro ravvicinato con lui, e la mia determinazione a non usare i miei poteri era andata in fumo. Letteralmente. Sospiro.

Riuscii a sfoggiare un sorriso tirato, facendo del mio maledetto meglio per non notare quanto fosse ancora affascinante. Capelli neri come la notte, occhi blu ghiaccio, e classicamente bello con lineamenti scolpiti e tutto il resto. Dio mio, aiutami. La vita non era giusta.

1-Click: Destiny's A Witch

Se desideri aggiornamenti quando ho nuove uscite e altre notizie, iscriviti alla mia newsletter: subscribepage.io/J3tvfP

I MIEI LIBRI

Grazie per aver letto questa storia! Spero che la magia ti sia piaciuta. Se è così, ecco alcuni modi per aiutare altri lettori a scoprire i miei libri.

1) Scrivi una recensione!

2) Iscriviti alla mia newsletter per ricevere informazioni sulle nuove uscite: subscribepage.io/J3tvfP

3) Metti "Mi piace" alla mia pagina Facebook https://www.facebook.com/lucymayauthor/

———

Serie Lemon Tea Cozy Mysteries
Witch You Wouldn't Believe
A Spell to Tell
Witch is When it Gets Crazy
Serie Wicked Good Mystery
Destiny's A Witch
Hex Me Not
Spells & Silver Bells
The Great Maple Caper
Oopsy Daisy

Siren Song Gone Wrong
Pumpkin Patch Murder
Serie This Good Witch Mystery
Wish Upon A Witch
A Stormy Spell
A Stitch of Magic
Bee Charmed

Lucy May ama il caffè, i cani, la cucina e la scrittura. È un'abitante del Sud trapiantata nel Maine. Ha imparato ad amare le quattro stagioni, ma sente ancora la nostalgia delle sonnolente estati del Sud. Le piace pensare che in un'altra vita potrebbe essere stata una strega e crede ancora nella magia. Passa il tempo a tessere storie paranormali irriverenti, stregonesche e sexy.

Icona di Facebook Facebook